Le seigneur de Moulins-la-Marche

le vainqueur

Servane Prunier

A mes neveux en particulier et à ma famille en général

FSC
www.fsc.org
MIXTE
Papier issu
de sources
responsables
Paper from
responsible sources
FSC® C105338

Introduction

Dans le royaume de France, Philippe III le Hardi, second fils de Louis IX, avait été sacré roi en 1271. Les débuts de son règne sont plutôt prometteurs, il agrandit même son royaume, en particulier en héritant de son oncle.

Mais à partir de son second mariage, les choses se gâtent jusqu'à la croisade contre l'Aragonais. Le roi ne semble pas avoir un caractère suffisamment affirmé, même s'il renforce sa justice au détriment de celle des seigneurs. Ses choix politiques ne sont pas toujours judicieux. Il trouvera la mort en 1285 à Perpignan.

Au Pays de la Marche, le temps s'écoulait paisible. Les habitants confinaient à vaquer à leurs occupations comme l'avaient fat avant eux leurs parents. Ils suivaient tranquillement le rythme des saisons et se rangeaient aux avis de dame Aliette.

Dans certains villages, on parlait à mots couverts de rébellion contre le seigneur du lieu mais à Moulins c'était différent, les décisions de dame Aliette avaient force de loi et ne se discutaient pas. Elle assurait la justice de façon équitable, les plus pauvres ne mouraient pas de faim ou de froid. Elle faisait distribuer de la nourriture et du bois pour se chauffer.

Le village de l'origine avait pris de l'extension et la ville avait maintenant fière allure avec ses rues bien propres et ses maisons cossues. Elle avait par le biais de chartes octroyé des droits aux habitants sur la forêt et le commerce. Les habitants du pays de la Marche se trouvaient heureux. Même les paysans appréciaient l'organisation du marché hebdomadaire qui était de plus en plus important. La sécurité y était assurée et les fraudeurs ne s'y risquaient pas. Dame Aliette avait assoupli à leur profit le droit d'usage sur le bois et ils étaient les premiers bénéficiaires des défrichements qu'elle a décidés. La cueillette des châtaignes leur était permise plus facilement puisque dans le même temps, dame Aliette favorisait la culture des céréales.

Le Pays de la Marche aurait pu continuer à vivre en paix; Aliette régnait sur ses sujets avec justice et fermeté.

Seul le vieux seigneur avait parfois l'air soucieux et désapprouvait sa fille lorsqu'elle parlait d'alléger les mesures de sécurité. Sans comprendre, la châtelaine de Moulins obéissait à son père, tout en trouvant ces précautions un luxe superflu. En effet, depuis des mois, nul n'avait entendu parler du moindre incident, c'était comme si désormais il n'y avait plus de bandits.

Rodolphe était mort et Louis avait disparu. Les bûcherons avaient de trouvé dans le tronc creux d'un arbre tombé après un orage, un squelette humain qui devait t être le sien. Malgré tout le vieux seigneur ne se laissait aller que rarement, seuls ses petits-enfants avaient le pouvoir de le distraire. Ils mettaient de l'animation dans la grande maison qu'il avait fait construire au pied de la motte castrale.

Les anciens y vieillissaient doucement, tout comme Rollon et Lalie à Saint-Lomer et la Dame de Mahéru près de son époux à Ricordam.

René restait le plus souvent près des siens comme si son envie de courir le monde lui était soudain passée. Il regardait parfois avec un peu d'envie tous ses neveux et nièces courir dans tous les sens. Aliette, qui cherchait toujours à faire le bonheur des siens, disait qu'il avait besoin d'une femme pour fonder une famille mais parmi toutes les candidates qu'elle lui avait présentées, aucune n'avait trouvé grâce à ses yeux. En attendant, le jeune homme à marier, très indépendant, passait le plus clair de son temps à chevaucher par monts et par vaux, le plus souvent en compagnie de son ami Foulques qui était venu s'installer définitivement dans la région, au retour de la croisade.

1.A Vauferment!

Tous se regardaient d'un air consterné.
– Une soirée qui avait si bien commencé...!
Harold l'aîné soupira d'un air piteux et avoua:
– Je suis navré mais je ne pouvais plus garder
cela pour moi. Cela m'étouffait!
« Cela » désignait le fait que le vieux
seigneur avait pendu haut et court Rodolphe qui
avait été son ami d'enfance puis son écuyer.
« Cela » signifiait également que, de retour sur
les lieux une heure plus tard, Harold, stupéfait,
n'avait pas retrouvé la moindre trace le corps. Et
la question majeur était: Est-ce que Rodolphe
pouvait être encore vivant? Cette question
rongeait le vieil homme depuis ce jour fatal:
Qui l'avait dépendu? Pourquoi? Et surtout:

Quand?

Il croisa le regard de Robert qui le regardait d'un air vaguement horrifié et gronda:

— Tu me désapprouves d'avoir fait cela?

Robert secoua négativement la tête:

— Non je comprends, c'était la seule façon de protéger les vôtres, puisqu'il n'avait pas voulu se résigner à rester avec les moines de la Trappe. Cela a dû être une décision bien difficile à prendre.

Le vieil homme hocha la tête et grommela:

— Comme si je m'étais détruit moi-même.

Assise près de lui, Blanche son épouse posa sa petite main sur la sienne en murmurant:

— Vous avez dû faire ce qui vous semblait le mieux pour nous tous.

Le vieil homme eut un sourire amer:

— Je croyais que nous aurions la paix, au lieu de cela, je m'interroge sans cesse: est-il mort ou non?Qui a osé s'interposer entre lui et ma justice?

Il saisit son verre et en vida le contenu d'un trait, sans songer à le savourer, ce qui montrait bien l'intensité de sa préoccupation car le vin de ses vignes...

Sa fille, la douce Aliette le regarda en silence avant de considérer son époux, Harold le jeune, fils de Rodolphe. Puis elle soupira: Ce n'était pas lui qui se serait embarrassé de scrupules, les pensées profondes, ce n'était pas pour lui. Elle se demanda un instant s'il aurait pendu Rodolphe pour la tranquillité de tous, puis elle haussa les épaules: quelle importance! Son époux continuait à boire et à manger comme si ce qu'avait dit Harold l'aîné ne le touchait pas. Elle l'avait épousé car elle le trouvait bel homme, il l'était toujours mais il la désolait parfois tant il était resté enfant. Il ne paraissait même pas spécialement affecté d'apprendre que son véritable père était mort par pendaison, comme un vulgaire manant. Pourtant, elle était convaincue que c'était pour l'épargner que Harold l'aîné n'avait pas donné de précisions sur les circonstances de la mort de Rodolphe.

Les autres personnes qui composaient l'assemblée se regardèrent en silence. Tous avaient trouvé que, depuis le jour où il avait annoncé la mort de son vieil ennemi, le vieil homme semblait préoccupé et d'humeur chagrine mais nul n'avait imaginé « cela. ». Ses proches avaient mis sur le compte de l'âge son caractère un peu étrange parfois. Son tempérament s'était modifié, disait-on parfois. Mais pour être plus précis c'était depuis que, retourné sur le lieu de la pendaison, il n'avait pas retrouvé le corps.

Aliette questionna:

– Il n'y avait pas de marques sur le sol?

Son père, grand chasseur dans l'âme, soupira:

– Non aucune trace, comme s'il s'était envolé. Tu peux être certaine que j'ai cherché...Mais rien!

– Qui a pu faire cela? Un de ses amis?

Harold l'aîné haussa les épaules:

– Il n'avait pas d'ami, sauf Louis qui lui était fanatiquement dévoué et moi...Et puisque c'est le corps de Louis qu'on a retrouvé dans le tronc...J'en suis d'ailleurs convaincu.

Aliette insista:

– Un ennemi?

Le vieux seigneur eut un rire grinçant:

– Le reste de l'humanité, tu veux dire! Même l'abbé de la Trappe, ce saint homme, est arrivé à en dire du mal.

Il précisa:

– Je n'ai même pas eu besoin d'insister.

Puis, après quelques minutes de silence, il reprit:

– J'ai eu beau chercher sur le sol, je n'ai trouvé aucune trace de pas, un homme qui en emporte un autre aurait laissé des marques sur l'herbe, il n'y avait rien.

Robert, d'un naturel discret, ne parla pas de l'homme aux loups mais il murmura d'un air songeur:

– On raconte que plusieurs habitants de la forêt ont l'habitude de se déplacer dans les branches des arbres...Les hautes cimes sont plus sûres que le sol à cause des bêtes sauvages.

Harold le jeune approuva:

– Je l'ai entendu dire moi aussi et j'en ai même aperçus parfois. Mais ils sont aussi adroits que discrets.

Le vieux seigneur fit la moue:

– Admettons, mais pourquoi un habitant de la forêt aurait-il décroché le corps de Rodolphe? Mais surtout Rodolphe a-t-il été transporté mort ou vivant? Si c'était pour lui donner une sépulture, on ne l'aurait pas emporté très loin, je n'ai pas trouvé de terre fraichement retournée à proximité.

Il marmonna à regret:

– Je crois donc qu'il est toujours vivant! J'en suis même convaincu!

Et le vieil homme ajouta:

– Je donnerais volontiers une fortune pour avoir une certitude...Est-il mort ou vivant?

Personne ne trouva de réponse satisfaisante à cette question. Robert murmura:

-C'est Lalie qui nous en a parlé un soir à la veillée de ces habitants de la forêt car un jour l'un d'entre eux était venu la trouver dans sa cabane pour qu'elle soigne son chien. C'est plus vraisemblable qu'une intervention surnaturelle.

Robert conclut:

– Demain j'irai à Saint-Lomer, peut-être que Lalie pourra nous en dire plus.

Il se tut songeur et effleura le sifflet qui ne le quittait jamais: Quand on parlait de la forêt, il

pensait immédiatement à l'ermite aux loups.
Mais comme il lui avait promis le secret, il
avait tenu parole.

Charles déclara:

– J'irai avec toi.

Aliette précisa:

– Une bonne escorte vous accompagnera.

Elle fronça les sourcils et après quelques
instants de réflexion, elle dit: avec lenteur:

– Je comprends mieux pourquoi je devais
maintenir les mesures de sécurité et continuer
plus que jamais à surveiller ce qui se passe à
Vauferment...C'est là qu'est sa fille...

Harold l'aîné rectifia:

– Non, tu veux dire ses filles.

Tous le regardèrent avec surprise, tandis qu'il
précisait:

– Peu de monde est au courant mais la fille
de de la femme de Louis a pour père Rodolphe
mais à ce moment-là il était déjà marié à la
nièce de maman Louis, ou peut-être sur le point
de l'épouser, je ne sais plus de façon précise. Il
l'a donc faite s'unir à Louis, sans doute que la
femme s'était montrée revendicative. Elle avait
la réputation d'être peu farouche et d'aimer
l'argent.

Blanche ouvrit des yeux ronds: et ne put
s'empêcher de s'exclamer

– Et elle élève les deux enfants!

Le vieux seigneur hocha la tête:

– Oui, elle a obéi à Rodolphe mais personnellement je ne lui aurais pas fait confiance. Sa famille, tout comme celle de Louis a toujours suivi le destin de celle de Rodolphe mais...Elle n'a pas dû accepter facilement cette situation.

Aliette affirma plus qu'elle ne questionna:

– Car elle sait évidemment que Rodolphe est le père des deux fillettes.

– Naturellement puisqu'il s'est marié avec Marie, une jolie fille, mais pas seulement, douce et tendre! Si Rodolphe avait été capable d'aimer, elle en était digne...

Harold le jeune ne sembla pas réaliser qu'il avait deux jeunes sœurs dont il avait ignoré l'existence jusqu'à ce jour.

Robert en resta bouche bée jusqu'à ce que le vieux seigneur déclare:

– Robert, mon garçon, tu devrais fermer ta bouche, cela te donne l'air stupide.

L'homme obéit avant de questionner:

– Qu'est devenue la femme de Rodolphe?

– Morte en couches.

Aliette conclut:

– Il faut donc surveiller plus que jamais ce qui se passe à Vauferment.

Harold approuva:

– Oui ma fille. A ma connaissance c'est le seul endroit où il peut espérer de l'aide, la ferme lui appartient puisque c'est là que vivaient ses parents. Je ne lui avait pas confisquée car il l'avait eue par héritage, ce n'était pas le fruit de ses brigandages.

La jeune châtelaine ne fit pas de commentaires mais elle comprit mieux pourquoi son père ne voulait pas qu'elle allège les mesures de sécurité qui avaient été mises en place lorsque Rodolphe avait quitté La Trappe, son refuge imposé, pour rejoindre Louis son âme damnée..

Foulques de la Barre, qui avait appris bien des choses sans même avoir besoin de poser de questions, proposa:

— Nous pourrions, mes amis et moi y participer. Cette surveillance nous rappellerait le temps où nous étions au service du roi.

Aliette approuva avec un gracieux sourire de remerciement:

— J'allais vous en prier Chevalier.

Foulques s'inclina avec non moins d'élégance:

— Tout le plaisir sera pour nous; justement, pas plus tard qu'hier soir, certains d'entre nous se plaignaient de s'ennuyer. Nous étions tous réunis chez le chevalier du Nuisement. Certes la chasse est bonne mais justement le gibier est trop abondant, le logis trop confortable, le lit douillet...quand tout est trop facile...

Malgré la tension ambiante, il y eu quelques sourires. En effet, les hommes d'action qui les

avaient aidés à Paris lors de l'enlèvement de
René, étaient habitués aux missions que jadis
leur confiait le roi et donc trouvaient maintenant
la vie très confortable, mais parfois monotone.
Lorsque Foulques alla leur demander de
reprendre du service, ils répondirent tous
présent avec empressement. Ils arrivèrent en
personne apporter leur réponse. En effet, ils
s'étaient tous installés dans les environs proches
de Moulins, prêts à répondre au premier appel
de leur châtelaine et de l'aventure.

Alberto, sans doute contaminé par ce besoin
d'action, se joignait souvent à eux. Harold le
jeune le laissait d'ailleurs totalement libre de
son emploi du temps et le muet s'était découvert
une vocation de fin limier. Quand Alberto
s'absentait, il y avait toujours parmi ses enfants
ou neveux plusieurs candidats pour le
remplacer.

Désormais, à quelques kilomètres de
Moulins, Vauferment et ses habitants était sous
haute surveillance. Un sabotier était venu
s'installer dans le bois voisin et un charbonnier
avait entrepris de construire une cabane le long
du chemin qui conduisait à la maison de maman
Louis. Il avait même improvisé un petit potager
et planté quelques légumes. En outre, un
colporteur venait souvent jusqu'à Vauferment, et
ce malgré les rebuffades de maman Louis. Elle
avait tout juste consenti un jour à acheter un

petit ruban. Les affaires pouvaient être
difficiles parfois. Mais le colporteur, toujours
d'humeur égale, ne paraissait pas se décourager
pour autant.

Le lendemain matin, comme prévu, Robert
quitta Mahéru au petit jour. Jeanne dormait
encore, ce qui l'avait dispensé de fournir des
explications. Discret, comme à son habitude, il
n'avait pas rapporté à sa femme tout ce qui
s'était dit à la Moulinière. La veille au soir, elle
était rentrée plus tôt à Falandre afin de veiller
sur le coucher des enfants. L'ainé, Rollon était
en effet très turbulent et n'obéissait qu'à sa mère
quand il s'agissait d'aller dormir..Il était surtout
doté d'une énergie débordante. Durant la
journée, il se lançait volontiers dans des
activités épuisantes, telle que des courses
éperdues dans la forêt toute proche ou des
parties de pêches. Il ne dédaignait pas non plus
capturer toutes sortes d'animaux, ce qui faisait
le désespoir de sa mère quand elle trouvait
dissimilés dans ses vêtements des lézards ou des
grenouilles. Il avait aussi rapportait comme une
trophée un petit renardeau que Robert avait été
relâché dans la nature.

En attendant qu'on lui amène sa monture,
Robert regarda autour de lui avec satisfaction:
Une grande maison moderne et confortable
avait remplacé le vieux donjon dont il ne restait
que quelques vestiges des fondations que la

végétation finissait de recouvrir. La plupart des pierres avaient pu être réutilisées pour la nouvelle construction, tout comme les arbres qui avaient été abattus, ce qui donnait plus d'espace autour de la maison. L'endroit servait de terrain de jeux aux enfants. Ils aimaient aussi se cacher derrière les premiers arbres qui entouraient leur domaine. Robert, peut-être influencé par les anciens qui prétendaient que la paix serait brève, avait pensé que cet espace découvert éviterait aux habitants de Falandre d'être surpris par d'éventuels ennemis. La crainte des conflits armés dans la région restait vivace en toutes circonstances.

Robert se mit en selle en déclarant à l'homme qui tenait sa monture:

– Tu peux faire dire à Dame Jeanne qu'elle ne m'attende pas pour midi, je serai sans doute retenu, avec le seigneur Charles à Saint-lomer.

L'homme eut un large sourire:

– Ce sera fait, seigneur Robert.

Le cavalier laissa sa monture choisir son rythme et fit un signe d'adieu de la main. Le cheval prit soudain une allure rapide comme s'il devinait que son cavalier était pressé. L'escorte le suivait à une distance respectueuse. Sur son passage, un serviteur le salua:

– Bonne promenade seigneur Robert!

Le cavalier le gratifia d'un signe de tête amical.

A Falandre régnait la même harmonie que dans le fief de la douce Aliette, même si Robert se montrait moins ouvertement autoritaire que la jeune femme.

Le petit village de Mahéru présentait un aspect cossu. Les habitants y vivaient pour la plupart du travail de la terre. Le prieuré et l'église étaient bien entretenus, en particulier grâce aux généreux dons de Robert. Les maisons, neuves pour la plupart, trahissaient une certaine aisance de leurs occupants. On ne voyait plus une seule masure. Oubliant un instant ses préoccupations, Robert regardait autour de lui avec satisfaction.

Pendant ce temps à Vauferment, François qui avait passé la nuit dans les hautes branches d'un chêne, se laissa glisser le long du tronc en grimaçant. Arrivé sur le sol, il se frotta énergiquement le bas des reins sous l'œil amusé du chevalier et d'un drôle de sabotier qui le plus souvent, refusait les clients. Il grommela:

— Riez mes seigneurs, ce n'est pas confortable comme un pagnot.

Foulques reprit son sérieux:

— Je sais bien mon bon François, tu vas pouvoir rentrer te reposer à présent.

Et le sabotier s'installa à son tour dans l'arbre tandis que Foulques cherchait un endroit pour observer de plus près, sans être vu, toute la maisonnée.

Aliette avait adjoint à François son neveu Bernard, lequel était en adoration devant la châtelaine de Moulins. Il s'était senti transporté à l'idée de pouvoir lui complaire. C'est donc avec joie qu'il passait de longues heures blotti dans les branches des arbres. Il ne sentait même pas les courbatures. Un sourire de dame Aliette et sa fatigue disparaissait quand il allait lui rendre compte, le rose aux joues, des résultats de leur mission.

Tous les hommes qui se succédaient pour surveiller Vauferment, étaient conscients de l'importance de leur tâche mais à ce jour, ils n'avaient rien remarqué: aucune visite suspecte. Ils ne voyaient toujours que maman Louis, les deux fillettes, une vieille servante sourde comme un pot et son fils un peu simplet qu'on appelait Mathurin. Ce dernier ne parlait que rarement, il émettait le plus souvent juste des cris sans signification particulière mais il travaillait dur quand il était là. Souvent en effet, il disparaissait pendant plusieurs jours sans que personne ne sache où il allait et ce qu'il faisait durant ses absences. Pendant ce temps, le charbonnier s'activait assez près de la maison pour surveiller les éventuelles allées et venues. La servante et son fils s'affairaient autour de la maison. Maman Louis sortait peu, cependant environ une fois par semaine elle se rendait au marché soit à Sainte-Colombes, soit à Moulins.

C'était l'occasion de côtoyer ses semblables. En ville, en ce temps-là, on croisait des marchands ambulants qu'on appelait « pieds poudreux », les bourgs étaient devenus des lieux d'échange. Et c'était toujours la même fillette, Agnès la fille de maman Louis qui sortait en compagnie d'un gros chien noir. La seconde, Henriette restait le plus souvent dans la maison.

Robert tout en chevauchant songeait à Rodolphe qui avait quand même réussi à trouver une épouse malgré son physique peu avantageux.

Le seigneur Harold n'avait pas fait de commentaires mais il se demandait bien dans quelles circonstances ce mariage avait pu être conclu. De sa mémoire ressurgissait l'image de la jeune Marie et il se disait que Rodolphe avait dù employer des moyens déloyaux pour arriver à l'épouser...

Comme convenu avec Charles, la veille au soir, Robert fut rejoint par celui-ci à Saint-Lomer où son grand-père et Lalie coulaient des jours paisibles. Le vieux Rollon ne changeait pas, physiquement, du moins Robert en jugeait ainsi, tout comme Théo, il devenait juste un peu plus sec « Tel un vieux cep de vigne », ainsi qu'il le disait lui-même. Mais il se déplaçait moins à l'extérieur, même à cheval, et attendait des visiteurs avec impatience. Robert et Charles furent donc accueillis à bras ouverts.

2.Rencontres

Ce matin-là, après une nuit sans le moindre incident, François descendit de son arbre. Il e laissa glisser jusqu'à terre avec quelques grimaces: Ce n'était quand même plus de son âge...Il grommela:

– J'aurais quand même été mieux dans not' lit avec Louison à la Mellerie!

Il se mit à faire les cent pas pour à la fois se dégourdir et se réchauffer. Puis, il jeta un coup d'œil en direction de la maison: Tout semblait dormir. Il éternua et grogna:

– Je vais finir par m'enrhumer!

Son remplaçant arriva à cet instant. Les deux hommes se saluèrent et échangèrent quelques mots.

Puis, François s'éloigna en marchant d'un bon pas. Il ne prenait pas de monture pour éviter de se faire remarquer et prétendait qu'après avoir passé la nuit à faire le guet, il préférait marcher.

Il était encore tôt et le chemin qui conduisait à Moulins était désert. Il était perdu dans ses pensées lorsque soudain il réalisa qu'il n'était plus seul:

Au pied d'un arbre dormait une fillette. Au léger bruit que fit le marcheur, l'adolescente s'éveilla en sursaut. Au premier abord pas rassurée, elle se leva sur la défensive. Devinant qu'elle était prête à se sauver à toutes jambes, François voulut la rassurer et dit doucement:

– Bonjour demoiselle!

Manifestement indécise, elle répondit cependant avec une politesse un peu réservée:

– Bonjour messire.

Et elle fit un gracieux salut.

Elle le regardait maintenant sans crainte, mais sans effronterie. François sourit malgré lui, en voyant bouger, ce qu'il avait pris pour une épaisse couverture. C'était un gros chien noir qui ressemblait un peu à un loup par la silhouette. La fillette déclara en entourant le cou de l'animal de son bras:

– C'est Bonchien!

François salua avec sérieux:

– Content de faire ta connaissance Bonchien.

L'animal aux allures de loup plus que de chien, renifla longuement l'inconnu et pour finir remua la queue.

La fillette commenta:

– Lui aussi, il est content de vous rencontrer!

Toujours imperturbable, François remarqua cependant:

– Ce n'est guère prudent de se promener toute seule dans la forêt, c'est risquer de faire de mauvaises rencontres.

L'adolescente secoua la tête et déclara avec inconscience:

– Il y a Bonchien pour me défendre.

Comme François paraissait sceptique, elle insista:

-C'est parce qu'il vous trouve sympathique sinon il aurait déjà grogné et montré les dents. La semaine passée, il s'est même jeté sur un vagabond qui me demandait la charité et qui devenait menaçant. Il l'a mordu et l'homme s'est sauvé à toutes jambes.

Et elle précisa avec tranquillité:

– C'est souvent que je passe la nuit dehors avec lui.

François se récria:

– Mais ce n'est pas bien, c'est dangereux!

Elle haussa les épaules:

– Mais non, pas avec Bonchien, Maman Louis l'a encore mis dehors hier soir, alors je suis restée avec lui pour qu'il ne s'ennuie pas. Je ne veux pas qu'il soit triste.

Le chien, puisque chien il y avait; avait fini de flairer consciencieusement François et était retourné tranquillement se coucher.

François hocha la tête, au fond peu convaincu, mais absolument ravi de cette rencontre. Il questionna d'un air détaché:

– Maman Louis, c'est ta maman?

– Oui, messire. Mais elle ne veut pas de Bonchien, il vit dans la forêt avec d'autres chiens.

L'homme ne protesta pas mais traduisit immédiatement chiens par loups, animaux qui étaient encore très nombreux dans la région.

– Moi je m'appelle François.

– Moi c'est Agnès.

– Tu habites loin d'ici? Je vais te raccompagner. Ce serait quand même plus sûr.

Elle recula comme si cette perspective l'effrayait. François ne parut pas y prendre garde et continua à bavarder:

– Tu habites seule avec ta maman?

– Oh non! Il y a aussi ma cousine Henriette, Julie qui s'occupe de la maison et son fils Mathurin qui l'aide au jardin. Mathurin jette des pierres sur Bonchien, alors il me rejoint quand je suis seule. C'est pour cela que je dois venir le rejoindre si je ne veux pas qu'on lui fasse du mal.

— C'est un peu isolé par ici mais vous voyez sans doute de la famille ou des amis?

— Oh non, messire on ne voit personne. Maman Louis n'aime pas les visites. Elle n'aime pas Bonchien et lui non plus. Hier il a mâchonné l'un de ses bonnets. Je crois bien qu'elle n'aime personne, sauf Henriette; elle ne m'aime pas.

— Je comprends pourquoi ta maman ne l'aime pas! Si mon chien s'attaquait à l'un des bonnets de ma femme...!

— Votre femme n'aime pas les chiens?

— Si mais elle aime bien aussi ses jolis bonnets.

Ayant déclaré que maintenant elle allait rentrer, Agnès accepta de bonne grâce que son nouvel ami l'accompagne un bout de chemin.

En confiance maintenant, l'adolescente babillait gaiment. François la questionna adroitement mais n'apprit rien d'intéressant, si ce n'est, que ces derniers temps, 'il ne s'était produit aucun événement particulier à Vauferment.

Comme convenu avec sa nouvelle amie, François la quitta à bonne distance de la maison et reprit gaillardement la direction de Moulins. Sans y penser, il avait pris un air conquérant.

Il ne se souvenait pas avoir jamais marché

aussi rapidement. En passant devant la Mellerie, il hésita mais avec un soupir de regret il fila en direction de la Moulinière.

Il se dépêcha de faire son rapport à dame Aliette et à Harold l'aîné. Il était très fier de lui mais reçut avec un air modeste les compliments qu'on ne lui marchanda pas. Il avait maintenant une intelligence dans la place. Le père et la fille étaient visiblement très satisfaits de lui. Et il regagna la Mellerie pour prendre un repos bien gagné, avec la satisfaction du devoir accompli. En effet, depuis que la construction de la Moulinière était achevée, François et Louison habitaient seuls à la Mellerie, enfin seuls avec leurs nombreux enfants.

Dans les jours qui suivirent, François rencontra à plusieurs reprises Agnès et Bonchien. Avec l'aide de Robert et de Harold l'aîné, il avait mis au point toute une histoire pour le cas où Agnès se montrerait curieuse mais elle ne posa aucune question embarrassante.

Comme le disait François manifestement conquis par sa nouvelle amie:

– Cette enfant est sans détour, elle a totalement confiance en moi. J'arriverais à en avoir honte...

Aliette ou le vieux seigneur protestait.

– Il n'y a pas à avoir honte, c'est pour son bien, il faut la protéger, imagines que Rodolphe revienne et veuille se servir d'elle, la pervertir...

Presque convaincu, François remarquait:

– Oui, je n'ai pas l'impression que sa mère la soutiendrait. D'après ce que raconte Agnès, elle ne l'aime pas et c'est réciproque manifestement.

Il se tut quelques instants et reprit d'un air pensif:

– Oui, c'est curieux car Henriette paraît mieux considérée par maman Louis. Adèle ne se plaint pas et n'est pas jalouse, mais elle remarque des choses qu'elle me redit sans y prendre garde. Il y a comme une différence de traitement entre les deux fillettes.

Aliette murmura:

– Oui, c'est curieux. Est-ce que Rodolphe lui aurait donné l'ordre de mieux traiter sa fille légitime? Et si c'est le cas, comment peut-elle obéir?

Harold l'aîné intervint:

– Tu veux dire François, qu'elle s'occupe moins bien de sa fille que de celle de la défunte femme de Rodolphe?

– Oui, seigneur Harold. Agnès m'a raconté que la couturière venait passer quelques jours à Vauferment pour y faire des vêtements mais que c'était surtout pour Henriette.

Le vieil homme se frotta pensivement le menton: Il n'aurait su définir exactement ce qui le perturbait mais c'était quand même surprenant que la femme de Louis s'occupe mieux de la fille de Marie plutôt que de la sienne...Il n'avait pas donné de précisons à ses amis mais maman Louis était la tante de Marie et elle avait toujours jalousé cette dernière, plus jeune, plus belle... Il se souvenait encore quand Rodolphe lui avait annoncé qu'il épousait la jeune fille, il avait cru comprendre que c'était sa tante qui l'avait poussée à accepter. Maire avait perdu sa mère très jeune et sa tante l'avait élevée. Son père était un genre de savant qui ne s'était pas opposé à ce que maman Louis avait appelé la chance de sa vie, un si beau mariage! Lui-même avait cru que Rodolphe était amoureux mais la suite lui avait démontré qu'il n'en était rien...

Et c'est ainsi que grâce à l'amitié née entre François et Agnès, le seigneur Harold et son entourage purent faire connaissance des habitantes de Vauferment à Sainte-Gauburge.. En ce temps-là, il n'existait pas encore de manoir à cet endroit mais juste une ferme fortifiée aux prétentions seigneuriales. La propriété appartenait depuis des lustres à la famille de Rodolphe. Mais elle était assez délabrée. En effet, lorsque Rodolphe avait fait bâtir la Mellerie, il avait dédaigné la maison de ses ancêtres et cessé d'y effectuer de gros travaux.

Blanche, intéressée par la personnalité de la

fillette, l'invita à venir en visite à la Moulinière, tout comme le faisaient tous les enfants de la petite ville et de la campagne environnante.

Aliette quant à elle restait plus réservée. De son côté, Harold le jeune ne parut que médiocrement intéressé par l'idée de connaître sa demi-sœur. Il devait d'ailleurs faire connaissance de ses demi-sœurs car maman Louis avait déclaré qu'elle voulait bien que la jeune Agnès vienne à Moulins jouer avec les autres enfants des environs, mais à condition que sa cousine l'accompagne et qu'elle vienne elle-même chercher les deux enfants le soir. Cela avait été la même chose pour qu'elle accepte que les deux fillettes assistent aux cours donnés épisodiquement par des religieuses dans une grange à Mahéru.

La châtelaine avait aussi organisé quelques leçons à La Moulinière, auxquelles elles assistait toutes les deux en compagnie de plusieurs autres enfants.

Aliette avait l'habitude d'inviter nombre de bambins de la région, c'était de notoriété publique, si bien que maman Louis ne pouvait pas imaginer les arrières-pensées des habitants de la Moulinière.

A la belle saison, les deux fillettes passaient donc souvent la journée à Moulins. Plus les occupants de la grande maison voyaient Agnès, plus ils la trouvaient sympathique et charmante.

En revanche, plus ils côtoyaient Henriette plus ils éprouvaient à son égard un sentiment proche de la répulsion. Car, ainsi que le disait Aliette, elle la faisait penser à un serpent, trop souple, trop lisse. Elle gardait les yeux le plus souvent baissés et approuvait systématiquement tout ce qu'on lui disait. Lorsque parfois Hubert et Emmeline faisaient le déplacement, ils ressentait le même malaise. Ils regardaient aussi avec un peu d'envie tous les enfants qui jouaient dans la cour. Ils n'avaient eu quant à eux qu'un seul enfant, qui était très sage si on le comparaient au petit groupe constitué par les enfants de François et leurs amis venus de Mahéru.

Lorsque maman Louis arrivait pour emmener les deux fillettes, les rires cessaient et les enfants s'éloignaient instinctivement. Car, ainsi que Jeanne l'avait chuchoté à l'oreille de dame Aliette:

– Elle me glace et les petits aussi!

Et elle faisait donc le même effet à tout le monde. Pourtant, elle saluait aimablement la compagnie avant de s'éloigner à petits pas rejoindre sa mule attelée à une petite carriole qui l'attendait toujours un peu plus loin, à l'ombre des arbres qui bordaient l'abreuvoir.

Les occupants de la Moulinière auraient été carrément inquiets s'ils avaient pu deviner toutes les pensées qui agitaient maman Louis.

En effet, elle se disait rageusement:

– C'est moi qui devrait être la maîtresse de la Moulinière. Elles ont pris ma place. Et elles m'offrent des douceurs, alors tout cela devrait être à moi...A moi!

La conclusion pouvait sembler un peu hâtive mais maman Louis oubliait facilement quelques détails essentiels quand elle les jugeait encombrants. Sa conscience d'un naturel élastique ne s'arrêtait pas à ce genre de subtilités.

3.Retrouvailles

De son séjour en prison au pays de la Marche, Joseph sortit encore plus ratatiné qu'en arrivant. Il avait été libéré car les charges relevées contre lui étaient minimes, il s'était d'ailleurs employé à paraître un simple exécutant dont on avait surpris la bonne foi. Il avait fait ce qu'on lui demander juste pour faire plaisir, il était trop bon. Il avait donc été considéré comme un comparse de peu d'importance. Et durant son incarcération il avait fait de son mieux pour passer inaperçu. Il avait été rapidement considéré comme un prisonnier modèle, d'une docilité exemplaire, souvent occupé à prier. On lui aurait donné le Bon Dieu sans confession. On le citait en exemple et il faisait presque l'unanimité. Certaines âmes charitables évoquaient l'erreur judiciaire, prises de pitié devant sa chétive apparence.

De son côté, à Paris, dame Catherine, plus volumineuse cependant, avait essayé de faire de même et de passer inaperçue. Elle faisait mine de retomber en enfance. Dans sa cellule, elle chantonnait et jouait avec un petit morceau de bois qu'elle berçait doucement en chantonnant. Elle se mettait à hurler quand on tentait de le lui retirer.

Ils furent libérés à quelques jours d'intervalles, mais ne le surent pas. L'un et l'autre étaient superstitieux et y auraient vu un signe du destin, voire une fatalité.

Joseph était donc comme on le sait au Pays de la Marche et sa femme à Paris où elle exerçait le métier plus ou moins lucratif de diseuse de bonne aventure. Parfois, elle était grassement payée, parfois des pratiques mécontentes revenaient la rouer de coups. Elle devait souvent changer de quartier.

Elle dut d'ailleurs quitter rapidement la capitale du royaume de France pour avoir osé exploiter la crédulité d'une jeune demoiselle dont le père rendait la justice au nom du roi de

France.

Elle disparut sans laisser de traces. Elle était en outre en bute à des calomnies concernant son activité pourtant discrète de faiseuse d'ange qui lui rapportait l'essentiel de ses revenus.

Dans le visage de Joseph ses yeux brillaient d'une lueur sauvage. Mais le plus souvent, il tenait les paupières baissées espérant avoir l'air inoffensif. Qui se serait méfié d'un pauvre vieux sans défense? Ne possédant plus rien, il réussit à vider l'escarcelle d'un bourgeois qui le prenait en pitié et lui donnait une pièce de monnaie. Lorsque sa victime se fut éloignée, il soupesa la bourse qu'il avait dérobée avec un rictus de satisfaction. Il avait donc maintenant un peu d'argent devant lui. En sortant de prison, il ne possédait que les vêtements qu'il portait.

Informée de sa libération prochaine, Aliette avait laissé faire, la justice seigneuriale était déjà moins absolue qu'autrefois. Il avait passé son temps à lui écrire de longues suppliques qu'elle avait fini pas croire sincères. Quant à Harold l'aîné il ne fit pas de reproches à sa fille mais en tête-à-tête avec Blanche, il grogna:

– Je crains que ce ne soit pas une bonne idée de le libérer. Je vais demander à Foulques et à ses amis de le localiser et de le surveiller. Je sais bien qu'on va économiser la nourriture qu'on lui donnait gratuitement mais j'aurais quand même préféré le savoir en prison.

Mais malgré les efforts déployés, le vieil astrologue resta introuvable.

D'apparence chétif, le vieil homme paraissait inoffensif. Nul ne prenait garde à lui. Harold l'aîné qui avait bien jugé le personnage, le trouvait dangereux à plus d'un titre: haineux, vindicatif, lâche et influençable, il avait tout pour plaire.

Le vieux seigneur avait soupiré:

-Pourvu qu'on n'ait pas à regretter cette mesure d'humanité envers cette bête immonde.

Blanche assise près de lui soupira en silence et il murmura comme malgré lui:

– J'ai de mauvais pressentiments. Mais il ne faut pas y faire attention ma mie, je vieillis.

Inquiète également, Blanche murmura doucement:

– Nous sommes tous unis pour lutter, nous gagnerons, le bien finit toujours par triompher.

Harold l'aîné voulant faire sourire sa dame, déclara en prenant un air bravache:

– Je serai le vainqueur!

Mais Blanche resta grave, même si elle lui fit un sourire un peu tremblant en retour.

Joseph avait discrètement quitté la ville à petits pas pressés, maintenant , il était à l'abri des grands arbres de la forêt toute proche qui entourait les habitations blotties au pied du vieux donjon. Certes, on avait commencé à défricher pour utiliser le bois pour construire les habitations, mais les villageois ne s'éloignaient pas beaucoup du centre de Moulins. La ville s'étendait maintenant bien au-delà du périmètre occupé jadis par les premières habitations construites pour la garnison à l'époque de Guillaume le Conquérant.

On prétendait que la forêt regorgeait de brigands et de créatures plus maléfiques les unes que les autres.

Lalie qui y avait elle-même vécu avait raconté un certain nombre d'anecdotes à Robert. Il en avait conclu qu'il fallait être courageux pour vivre dans la forêt et pas seulement à cause des bêtes féroces en général et des loups en particulier. Les hommes y étaient encore plus redoutables car se cachaient dans la forêt tous les individus qui auraient dû rendre des comptes à la justice, sans parler des lépreux qui ne voulaient pas rester à la maladrerie.

Robert l'avait longuement questionnée sur les habitants de la forêt afin d'essayer d'imaginer qui aurait pu avoir intérêt à décrocher le condamné ou à faire disparaître le corps de Rodolphe. Mais, elle n'avait pas pu lui donner d'information précise.

Le vieil homme s'arrêta et se frotta les mains de satisfaction. Puis il ricana:

– Ah ma bonne châtelaine, je vous baise les mains, milles grâces. Je vous baiserais même le pied si j'en avais l'occasion.

Il eut un bref ricanement:

– Maintenant que je suis libre...Prenez garde à vous! Si je trouve le moyen de vous nuire...sans risque...

Sa figure avait à ce moment-là un air tellement mauvais qu'elle aurait fait trembler un homme courageux.

Dans l'immédiat, il s'assit tranquillement au pied d'un arbre. Assuré d'être seul, il décida de s'octroyer une petite sieste, préalable indispensable à une méditation ultérieure.

A son réveil, Joseph s'étira paresseusement. Les yeux mi-clos, il savourait sa liberté toute neuve. Entendant son estomac protester, le vieil homme grommela:

– Le plus urgent va être de trouver à manger. J'ai été libéré juste avant la distribution de la soupe...L'ordinaire n'était pas bon mais cela valait mieux que rien!

Il soupira d'un air un peu mélancolique avant de claquer des doigts:

– Mais, oui! Je n'ai qu'à faire comme le regretté seigneur Rodolphe, paix à son âme s'il en avait une; ces bons moines de la Trappe vont me nourrir. Je n'ai même pas besoin de feindre pour avoir l'air affamé.

Sitôt dit, sitôt fait, il se dirigea d'un bon pas vers Soligni. Il bifurqua sur la gauche avant d'entrer dans le bourg pour emprunter le chemin ui conduisait directement au monastère.

Arrivé à proximité du lieu où les moines distribuaient des secours aux indigents, il hésita un instant avant de s'y présenter timidement.

Il arriva donc discrètement mais nul ne parut lui prêter particulièrement attention. Son aspect extérieur arrivait facilement à inspirer plus de pitié que de méfiance. Même l'abbé qui assistait ce jour-là à la distribution des secours, dans un premier temps, ne prit pas garde à ce vieillard chétif d'aspect inoffensif qui reçu la nourriture avec force remerciements et bénédictions. C'était le même saint homme que celui dont nous avions fait connaissance au début de cette histoire. Il avait perdu quelques illusions et beaucoup de cheveux mais gagné une petite bedaine qui contribuait à entraver ses mouvements déjà bien limités par les rhumatismes. Il finit cependant par s' intéresser à Joseph car il remarqua que le malheureux ne levait jamais les yeux vers son interlocuteur. Le saint homme ne fit pas de réflexion, mais de sa mémoire surgit l'image d'hommes qui avaient agi de même, Rodolphe et Louis. Plus tard, seul dans sa cellule, l'abbé secoua la tête avec impatience:

– Pourquoi mon Dieu, ce pauvre homme me fait-il penser au seigneur Rodolphe? Je crois que je vieillis, comme le dit lui-même Harold l'aîné. Ce fut pourtant un rude seigneur. Dame Aliette lui ressemble à plus d'un titre.

Et l'abbé cessa son monologue et s'abîma dans la prière.

Pendant ce temps, Joseph se restaurait comme s'il n'avait pas mangé depuis plusieurs jours Il faut dire que la nourriture de la prison était plutôt frugale. Dame Aliette n'était pas particulièrement généreuse pour assurer l'ordinaire de la prison, elle suivait les mêmes principes d'économie que son père.

Joseph revint donc régulièrement se faire nourrir par les moines. Cette situation aurait pu durer longtemps mais, maintenant qu'il était rassasié, le vieil homme pensait plus librement à se venger. Il faut dire que dormir dans la forêt blotti dans les branches d'un arbre plusieurs fois centenaire, n'était pas particulièrement confortable.

Persuadé que cette situation était transitoire et confiant en sa bonne étoile, il ne s'était pas décidé à construire une cabane comme la plupart des hôtes de la forêt. Il n'attendait qu'une occasion pour concrétiser ses vagues projets. Il se disait qu'il devait d'abord trouver rapidement de l'argent, ce qui bien entendu ne signifiait nullement en gagner honnêtement.

Il envisageait même de se rendre à Paris, lieu qui lui paraissait propice pour monter de nouvelles entreprises, sources de fabuleux profits.

Ce jour-là, la tête pleine de rêves, le vieil

astrologue s'éloignait du monastère en marchant d'un bon pas en direction de Saint-Martin. Soudain, il hurla: Quelque chose, ou us exactement quelqu'un lui était tombé sur le dos et l'avait fait s'asseoir brutalement sur le sol. Joseph se débattit sans parvenir à se libérer de son agresseur. Il gémit:

– Laissez-moi!

Son agresseur obéit brusquement et le releva d'une poigne vigoureuse. Et soudain, les poings sur les hanches, il éclata de rire, tandis que Joseph se relevait en grimaçant:

– Mais que vois-je? Mais oui, c'est messire Joseph! L'astrologue-empoisonneur, comme dit si bien le seigneur Harold.

Joseph blêmit et claqua des dents avant de faire de grands signes de croix:

– A moi! Au secours! Un fantôme! Arrière Satan!

Son agresseur se mit à rire encore plus fort, avant de prendre un air chagrin:

– Remettez-vous messire Joseph! C'est bien moi! Je constate que vous n'êtes pas du tout content de me voir.

Joseph gémit encore plus fort:

– Oui, hélas! Je le vois bien que c'est vous! Pauvre de moi!

Et il soupira avec regret:

– J'aurais mieux aimé un fantôme;

Il ajouta d'un ton de reproche:

– Je vous croyais pourtant bien mort.

Puis, il conclut, déjà résigné, avec un gros soupir:

– Malheureusement ce n'était pas vrai!

Son agresseur l'agrippa par ses vêtements d'une poigne de fer et l'approcha de son visage. Tenu ainsi à la hauteur de ses yeux, Joseph grimaça de douleur et agita ses petites jambes mais sans oser protester: Il voyait clairement qu'il devait renoncer à ses propres rêves d'avenir. Il gémit cependant d'une toute petite voix:

– Oh, non! Tout ne va pas recommencer!

Rodolphe lui rit au nez:

– Mais si! C'est le destin qui nous remet en présence. Rien n'est jamais fini mon bon Joseph.

Et son agresseur l'entraîna à sa suite, sans qu'il tente de protester davantage: C'était la fatalité!

Il n'essaya donc plus de résister et se laissa passivement emmener, tout prêt déjà à faire les quatre volontés de son mauvais génie. Comment pouvait-il avoir survécu à la pendaison dont le seigneur Harold avait pris soin de l'informer en personne? C'est ce que Rodolphe lui expliqua bientôt.

On avait laissé Rodolphe pendu au bout d'une corde tandis que Harold l'aîné et ses hommes s'éloignaient. Si l'un d'entre eux s'était retourné, il aurait vu un être indéfinissable mi-homme mi-bête se laissait tomber des hautes branches d'un arbre voisin et se précipiter pour décrocher le corps.

Sous l'effet de la peur, Rodolphe s'était évanoui. Il ne réalisa donc pas immédiatement qu'il était sauvé de la pendaison. Son sauveur l'avait emporté sur son dos en passant par la cime des arbres, ce qui explique l'absence de traces sur le sol.

Lorsque le condamné s'était réveillé ce fut pour s'apercevoir qu'il était allongé sur une paillasse étroitement ligoté. Il était vivant, grâce à Dieu mais prisonnier. Il jugea la situation grave mais non désespérée. Il tenta de voir où il était: L'endroit bien que sombre, lui parut être une cabane de branchages. Puis soudain, la mémoire lui revint: Il n'était pas mort. Les cordes qui le garrottaient lui faisaient mal. Il n'était pas bâillonné mais il hésita à appeler.

Soudain, entra silencieusement dans la cabane un homme à barbe blanche suivi d'un chien aux allures de loup. Rodolphe questionna d'un ton hautain:

– Que me veux-tu?

Le vieil homme ne répondit pas et se contenta de regarder son prisonnier d'un air satisfait. Le loup gronda. L'homme constata paisiblement:

– Il ne t'aime pas, moi non plus.

– Pourquoi m'avoir sauvé?

– Parce que la mort était un châtiment trop doux pour toi.

Rodolphe se rebiffa:

– De quel droit te montres-tu aussi familier manant?

– Du droit du plus fort, seigneur Rodolphe, vous ne connaissez que celui-là.

– Tu me connais?

– Oui.

S'il avait été libre de ses mouvements, il se serait gratté la tête avec perplexité:

– Je ne te connais pas.

-Non, tu ne me connais pas mais tu connaissais ma fille Marie.

– Marie?

– Oui, Marie, ta femme.

Rodolphe eut un reniflement méprisant:

– Et alors, je l'ai épousée!

– Oui, tu veux dire qu'elle a eu cette chance! Tu as convaincu sa tante que tu étais un parti inespéré pour elle et moi , pauvre sot, j'ai cru à tes serments de rendre heureuse ma petite. Je croyais lui donner un protecteur, je lui ai donné un bourreau. Et sa tante était ton instrument docile!

Le vieil homme serra les poings:

– Oui et elle a été très malheureuse grâce à toi, au point de ne plus vouloir lutter pour vivre.

Et toi qu'as-tu fait de sa fille?

Rodolphe se rebiffa:

– Que voulais-tu que j'en fasse? Ce n'était qu'une fille!

Le vieil homme pâlit sous l'effet de la colère et gronda:

– Je devrais laisser mon loup te dévorer. Mais ce serait un châtiment encore trop doux pour toi.

Et il tourna les talons. Rodolphe le rappela en vain:

– Eh, tu ne vas pas me laissé ficelé comme cela! Et puis j'ai faim.

L'homme avait déjà disparu sans répondre.

Rodolphe cria jusqu'à épuisement, mais son geôlier ne revint qu'à la nuit tombante. Le prisonnier gisait sur sa couche épuisé.

L'homme grommela:

– Je ne veux pas qu'il meurt trop tôt.

Et à regret, il lui donna quelques soins, le détacha et lui donna même un quignon de pain que Rodolphe dévora. Le loup assis devant lui ne le quittait pas des yeux. Quand il ut un peu rassasié, Rodolphe questionna:

– J'ai l'impression qu'il est prêt à se jeter sur moi.

Le vieil homme confirma d'un ton paisible:

– Il n'attend que ma permission.

Malgré lui, Rodolphe frissonna. Il questionna:

– Et si la fantaisie le prenait de se jeter sur

moi sans attendre ton autorisation ?

Le vieil homme eut un sourire sinistre:

– Ce serait un service qu'il rendrait à l'humanité toute entière. Si tu as peur appelles-moi, on me nomme l'Ermite. Personne ne me voit mais je vois tout. Mais rassures-toi, je ne veux pas que tu trépasses trop vite!

Disant ces mots, il disparut dans la nuit sans que Rodolphe tente de l'arrêter. Il faut dire que le loup le fixait prêt à intervenir au moindre mouvement de sa part.

Assis sur le bord de la paillasse, le prisonnier réfléchissait: Il avait entendu parler de l'Ermite, on disait qu'il vivait dans les arbres et qu'il apprivoisait les loups. Une véritable meute lui obéissait. On le disait un peu fou, sorcier, il connaissait les vertus des plantes et se livrait à de mystérieuses expériences dans un laboratoire caché au fin fond de la forêt. Joseph lui en avait également parlé comme d'un être aux pouvoirs surnaturels.

Ses pensées prirent une autre orientation: Le père de Marie, c'est à peine s'il se souvenait de son visage. Elle était toujours triste. Il faut reconnaître qu'il ne lui avait pas été fidèle, sa tante n'était pas farouche, bien au contraire. Marie lui avait fait des scènes quand elle avait découvert qu'il la trompait avec sa propre tante, toujours à faire des embarras, après tout cela ne sortait pas de la famille! Il était peu probable que l'Ermite l'ait dépendu de façon irréfléchie. Ce ne devait pas être un acte désintéressé. Que voulait-il? De l'argent? Probablement pas. Une vengeance, cela paraissait plus plausible.

La réponse à ses interrogations devait lui être apportée le lendemain matin. Après avoir entendu la déclaration de son geôlier, Rodolphe se récria:

– Vous servir? Moi, votre valet ?Jamais!

L'Ermite insista d'un air bon enfant:

– Mais si, mais si et mon loup veillera à une parfaite obéissance de ta part.

La rage au cœur, le prisonnier dut s'exécuter. Dès qu'il faisait mine de s'arrêter, le loup grognait. Il dut ainsi éplucher les légumes pour préparer la soupe et faire le ménage.

Pendant qu'il remplissait ses taches ménagères, l'ermite avait disparu. Lorsqu'il revint, le vieil homme commenta:

– Les légumes ne sont pas trop bien épluchés, la maison n'est pas parfaitement balayée, mais cela ne pourra être que mieux la prochaine fois.

Et il conclut d'un air encourageant:

– Tu verras avec l'habitude...

Rodolphe ne lui donna pas la satisfaction de répliquer mais son regard plein de haine était suffisamment éloquent.

L'ermite, sur le point de sortir, se ravisa. Il approcha son visage de celui de Rodolphe:

– Il va falloir que ton service devienne

irréprochable sinon tu seras privé de nourriture.
Pour commencer, au lieu de manger tu vas
ramasser du bois, mon loup va t'accompagner.
Et puis tu iras désherber le jardin. Surtout ne te
trompes par car si tu arraches un seul légume, tu
seras privé d'eau et de nourriture;

La meute les attendait un peu plus loin. Dans
ces conditions-là, Rodolphe ne pouvait rien
tenter car les autres fauves ne paraissaient pas
plus amicaux à son égard.

Rodolphe obéit la rage au cœur: Il lui venait
des idées de meurtre.

Ce n'est qu'à la nuit que son geôlier vint le
chercher: Rodolphe avait travailler presque
correctement durant plusieurs heures. L'Ermite
lui fit signe de s'asseoir à la table mais
Rodolphe n'était pas particulièrement docile. Il
refusa même de servir son maître et envoya les
écuelles rouler sur le sol. Le loup grogna
sourdement.

Finalement excédé, le vieil homme s'installa
à la table en déclarant paisiblement:

– Si tu continues à ne pas bien obéir, je vais
te raccrocher où je t'ai pris.

Rodolphe frissonna malgré lui, la menace
était limpide; Il se mordit les lèvres pour ne pas
répliquer tandis que son geôlier concluait:

– Je constate avec plaisir que nous sommes
d'accord, c'est un plaisir de discuter avec vous,
seigneur Rodolphe.

Cela n'allait pas sans mouvement de rébellion de la part de Rodolphe. Le loup le mordait alors cruellement aux mollets, ses congénères rodaient toujours à proximité et étaient immédiatement attirés par l'odeur du sang; ou la poigne de fer de l'Ermite s'abattait sur son épaule:

– Ma parole, Rodolphe on croirait que tu te rebiffes.

Le prisonnier se forçait à garder le silence. Si seulement il avait su où était Louis, il en ignorait la mort; où il pouvait se cacher loin de l'Ermite et des loups. Mais il ne savait où se réfugier. Au moins, il mangeait à peu près régulièrement et nul ne le trouverait ici.

Un jour, alors qu'il faisait la lessive près du ruisseau, son gardien vint le chercher et, sans explication, l'enferma dans une grotte dont jusqu'alors il ignorait l'existence. Le loup le gardait de près. Il eut beau tendre l'oreille, il ne parvint pas à comprendre pourquoi il était enfermé. Mais s'il avait pu voir...

4.Disparitions

L'Ermite était assis à sa place favorite, tout en haut d'un arbre quand soudain, il remarqua une agitation inhabituelle chez les oiseaux. Quelque chose ou quelqu'un les avait dérangé. Il entendit bientôt le pas de plusieurs chevaux. C'est pourquoi il avait enfermé son prisonnier. Le chemin était étroit et sinueux et les cavaliers avançaient lentement. Il avait donc eu le temps de regagner son poste d'observation.

Un peu inquiet, il se demandait bien qui pouvait s'aventurer jusqu'ici. Il reconnut alors Robert à la tête de la petite troupe. Comme il l'avait dit à Rodolphe, nul ne le voyait mais lui voyait tout. Donc, il savait qui était Robert, qu'il avait déjà eu le plaisir de rencontrer. Il décida donc de l'accueillir. Il dégringola de son arbre sous le nez de sa monture. Surpris, le cheval pointa mais Robert le maîtrisa rapidement. Il descendit de cheval et salua poliment le vieil homme. Malgré toute sa maîtrise, le jeune homme était ému, il avait reconnu l'ermite:

– Bonjour messire l'Ermite.

Le vieil homme sourit et le salua en retour:

– Soyez le bienvenu, seigneur Robert, je vous connais de réputation.

Le vieil homme l'avait lui aussi reconnu mais il semblait décidé à feindre de le rencontrer pour la première fois. Robert respecta donc ce choix.

– Que venez-vous faire dans les parages?

– Je voulais vous rencontrer. C'est Lalie qui m'envoie.

L'Ermite continua à sourire avec cordialité mais Robert le devina intimement mécontent. Il attaqua de front:

– Cela a l'air de vous contrarier messire?

Le vieil homme sourit et murmura:

– Peut-être. Que me voulez-vous?

– Lalie pense que vous pouvez me dire ce qu'il est advenu du corps de Rodolphe que le seigneur Harold avait pendu au chêne de justice.

Le vieil homme secoua la tête négativement en silence. Robert insista:

– Je suis certain que vous savez quelque chose.

L'Ermite ne répondit pas directement mais murmura doucement:

– Vous saluerez Lalie de ma part mais je ne peux pas vous aider.

Et il ajouta à mi-voix:

– vous me demandez la seule chose que je dois vous refuser, pardonnez-moi.

Sur le point d'insister, Robert y renonça: Il était persuadé de ne rien apprendre. Il déclara simplement:

– Nous avions donc raison de croire qu'il n'est pas mort. Pourtant il ne peut être votre ami. Si vous vouliez...

Le vieil homme sourit en secouant la tête:

– Je ne vous dirai rien, partez à présent. Laissez son destin s'accomplir.

Dépité, Robert obéit. Il précisa cependant avant de faire faire demi-tour à sa monture:

– Si vous changez d'idée, soyez gentil de nous prévenir. Au-revoir messire.

– Cela va de soi, à vous revoir Seigneur Robert. Mais vous me demandez malheureusement le seul service que je ne peux vous rendre.

Inutile de dire que Robert était fort déçu lorsqu'il alla conter son échec à Lalie.

La vieille femme prit un air songeur et murmura:

— J'ai toujours pensé qu'il avait un secret mais quel rapport avec ce maudit Rodolphe? Si on savait cela...

Pendant ce temps, l'Ermite était allé libérer son prisonnier et le renvoya sans explication continuer sa lessive.

Le prisonnier devenait un parfait serviteur: cuisine, lessive, ménage, la couture le rebutait encore un peu, mais son maître, avec l'aide de ses loups, ne désespérait pas …

Parfois, lorsque Rodolphe croyait son gardien éloigné, il ralentissait le rythme ou même s'arrêtait totalement mais l'Ermite surgissait sans bruit et ricanait:

— Je crois que le seigneur Rodolphe a besoin d'être stimulé.

Et le loup qui n'attendait que cela, le mordait cruellement. Le reste de la meute arrivait alors et le menaçait à son tour.

Il devait alors, la rage au cœur, se remettre à l'ouvrage. Il avait en vain tenté d'espionner son geôlier, mais ce dernier l'avait surpris et privé de nourriture. Il l'avait grondé tel un enfant pas assez sage. Le loup l'avait alors mordu cruellement à cette occasion.

Un jour pourtant, la situation évolua. Le loup quitta brusquement le prisonnier. Rodolphe le suivit discrétement. L'animal l'avait conduit

dans le laboratoire de l'Ermite. L'animal
s'installa auprès du corps sans vie du savant et
hurla à la mort. Rodolphe en profita pour
regarder autour de lui avec curiosité. L'endroit
était plein de flacons contenant des liquides de
différentes couleurs et de boîtes au contenu
mystérieux. Il flottait dans l'air une odeur
bizarre. Il n'y avait pas besoin d'être un grand
alchimiste pour deviner que c'était cela qui avait
incommodé le savant. L'animal brusquement
s'éloigna; le silence se fit et Rodolphe réalisa
qu'il était libre. Dans un premier temps, il en
resta tout désorienté, mais il se ressaisit
rapidement.

A la Moulinière, en apparence, la vie
continuait paisible. Les enfants des environs se
retrouvaient presque chaque jour pour jouer
dans la cour de la grande maison.

Louison, la femme de François, attendait
avec le même enthousiasme que les précédents,
un autre enfant. Ils avaient déjà neuf garçons;
mais quand on aime-dit-on-on ne compte pas. Il
y avait là Agnès, Henriette, Robert et Jeanne,
Foulques, René, Blanche et Harold l'aîné.
Aliette observait avec attention les deux
adolescentes, Robert faisait de même. Elles
grandissaient et devenaient jolies. Agnès se
montrait gracieuse avec tout le monde, même le
vieux seigneur sentait son vieux cœur se
ramollir. Henriette, toujours d'humeur égale,

demeurait quant à elle indéchiffrable. En réalité, une seule présence la troublait, celle de Foulques. Elle croyait bien le dissimuler mais Blanche s'en était rendue compte et en avait avisé le chevalier. Foulques s'était contenté de rire:

– Ce n'est qu'une enfant!

Blanche avait protester avec force:

– Non, elle vous aime comme une femme.

– Mais je suis trop vieux et je ne vous cacherais pas que je tiens trop à ma tranquillité. Et puis nul ne peut savoir ce qui se cache derrière cette apparence souple et séduisante. Elle me met mal à l'aise. Avec Agnès, c'est le jour et la nuit.

Blanche sourit:

– Vous avez raison mon ami mais j'espère que vous n'avez pas de vues sur Agnès?

Le chevalier se mit à rire de bon cœur:

– Dieu m'en garde, ce n'est plus de mon âge!

Blanche poussa un soupir de soulagement avant de lui confier:

– Je crois que la jeune Agnès est amoureuse de René. Elle ne le sait pas encore, mais c'est réciproque. Le cher garçon m'a dit comme vous qu'il était trop vieux. Il faut attendre qu'ils grandissent.

Et puisun jour, coup de théâtre, maman Louis et les deux jeunes filles disparurent. Aliette tenta bien de glaner quelques informations mais la récolte fut maigre. Les guetteurs n'avaient rien remarqué, ou presque. Agnès n'avait pas passé la nuit dehors, suivant les conseils de son grand ami François, elle avait presque totalement abandonné cette pratique. Bonchien lui faisait fête chaque matin, sans paraître lui tenir rigueur de sa défection. Le brave animal, quittait les siens au petit jour pour l'attendre devant la porte de Vauferment. Le chevalier, tout comme René, pensait que Bonchien était un mélange de chien et de loup et s'émerveillait de la façon dont il avait donné son affection à Agnès. La jeune fille avait raconté avec simplicité comment elle l'avait libéré d'un piège installé par un braconnier et comment depuis l'animal ne cessait de lui manifester sa reconnaissance.

Les trois femmes étaient parties avec armes et bagages pour une destination inconnue. Les hommes chargés de surveiller les habitantes de Vauferment les avaient perdues de vue. Un nouveau venu avait fait son apparition et les avait conduites à travers la forêt qu'il semblait bien connaître. C'était un vieillard qui portait l'habit ecclésiastique et qui paraissait inoffensif. Il escortait les voyageuses qui furent bientôt suivies de loin par un inconnu voûté et qui portait un grand manteau dont la capuche lui dissimulait entièrement le visage.

Non loin de Moulins, ils trouvèrent des

montures qui les attendaient. Ni l'une ni l'autre des deux jeunes filles n'avaient eu d'explications concernant ce déplacement. Maman Louis ne leur avait pas présenté les deux hommes. Vaguement inquiètes, les deux jeunes voyageuses ne disaient mot. Maman Louis ne semblait pas de bonne humeur. Les deux jeunes filles ne se risquèrent donc pas à la questionner.

Vous avez certainement reconnu Joseph dans le rôle de ecclésiastique et Rodolphe dans celui du suiveur. Bien endoctriné par ce dernier, le vieil astrologue se demandait maintenant pourquoi il avait un moment cessé de suivre le chemin choisi par Rodolphe. Il était tout naturellement retombé sous sa coupe, tout comme en d'autres temps il avait obéi à Catherine, sa tendre épouse. Pour donner la pleine mesure de ses talents, le vieil homme avait besoin d'un guide spirituel dont l'éloquence puisse le convaincre facilement.

Après avoir découvert le corps sans vie de l'Ermite, Rodolphe avait quitté rapidement le laboratoire, incommodé par une odeur tenace qu'il ne parvenait pas à identifier. Le loup ne reparut pas et Rodolphe put tranquillement prendre possession de la cabane.

Les jours suivants il avait craint le retour de la meute puis il s'était rassuré: Les loups étaient partis.Il avait beau tendre l'oreille, on n'entendait aucun hurlement suspect.

Le lendemain, il retournait au laboratoire, l'odeur s'était dissipée mais le corps de l'Ermite n'avait pas bougé. Il grommela:

– Il est bel et bien mort, quelle chance!

Ce fut une belle oraison funèbre, quoiqu'un peu brève.

Il traîna le corps hors de la pièce et le dissimula sous quelques branchages maintenus par de grosses pierres, au fond d'un ravin. Peut-être par paresse ou parce qu'il jugeait que ce serait lui faire trop d'honneur, il n'envisagea pas de lui creuser une tombe. A ce moment-là, Rodolphe s'était bien promis de ne plus jamais travailler.

A plusieurs reprises, Rodolphe revint au laboratoire, l'endroit le fascinait. Il l'explora minutieusement. Il s'exclama:

– Morbleu, ce serait intéressant de savoir à quoi peuvent servir toutes ces mixtures et toutes ces poudres. Ah si ce bon Joseph était là! Mais j'imagine que cette chère Aliette le garde toujours sous clef...

Il interrompit le cours de ses réflexions pour murmurer:

– ...Maintenant que je suis mort, je pourrais aller en ville, un jour de marché et flâner devant les étals. Ce serait l'occasion d'apprendre des nouvelles, bien caché au milieu de la foule.

Il explora aussi la cabane et à partir des fleupes de l'Ermite, se composa un costume d'homme des bois. En plus de plusieurs nippes utilisables, Rodolphe trouva quelques pièces de monnaie. Il compta et recompta soigneusement ses quelques sous. Il allait pouvoir mettre son idée à exécution. Il possédait en outre l'argent qu'il avait en sa possession lorsqu'il avait été pendu. A cette évocation, Rodolphe pâlit en portant une main à sa gorge: Quel souvenir désagréable! Pourtant cruel par nature, il se jurait bien de ne plus assister à aucune pendaison, et surtout pas à la sienne. Il en gardait un trop mauvais souvenir et une cicatrice à la base du cou.

Le jeudi suivant, Rodolphe se rendit donc au marché à Moulins. Il y avait foule comme toujours et nul ne parut prendre garde à lui. Il se promena longuement devant les étals avant d'aller s'attabler dans l'une des nombreuses auberges de la ville.

Ici, tout comme à l'extérieur les affaires allaient bon train. Les plus grosses transactions se concluaient souvent autour d'une bonne bouteille. Rodolphe ouvrait grandes ses oreilles, ce qui ne l'empêchait nullement de manger de bon appétit et de faire honneur à la bouteille posée devant lui. Il avait choisi une table située un peu dans l'ombre, ce qui lui permettait d'observer sans être vu. Il étudiait avec attention les hommes qui entraient et qui sortaient. Il reconnaissait plusieurs visages, en particulier parmi ceux qui venaient vendre leurs chevaux. Il n'avait malheureusement pas assez d'argent pour se permettre un tel achat, mais il avait toujours pensé qu'il était toujours possible de voler ce qu'on ne pouvait pas acheter. Cependant, dans l'immédiat, les circonstances ne lui paraissaient pas favorables. Il n'avait aucune envie de se retrouver pendu pour un tel méfait. En ce temps-là, s'en prendre au bien d'autrui était sévèrement puni. Et puis il pensait que le meilleur endroit pour se procurer une monture digne de lui, c'était encore dans les écuries d'un château.

En ce temps-là, les villages devenaient des villes. Il avait fallu des hostelleries pour loger les marchands qui venaient parfois de fort loin. Le fugitif pouvait donc boire et manger à son aise.

Après un repas copieux et bien arrosé, Rodolphe se sentait désormais plus courageux. Il décida de se rendre près de l'abreuvoir. On y vendait les animaux sur une petite place que dame Aliette avait fait aménager à cette fin. Il y avait encore quelques bêtes qui n'avaient pas trouvé acquéreur et d'autres qui attendaient d'être emmenées par leur nouveau propriétaire.

Mais ce qui l'attirait dans les parages, c'était la maison que Harold avait fait construire. Il commença, presque malgré lui, par monter jusqu'au pied des ruines de l'ancien donjon, qu'il avait incendié, et de là, comme hypnotisé, regarda la Moulinière. Maintenant aux abords immédiats de l'ancienne place-forte, on entretenait des jardins potagers.

Ce jour-là, Aliette, Blanche et Jeanne s'étaient installées dans la cour pour surveiller les enfants qui jouaient. Le portail était ouvert et Rodolphe en passant devant, ne put s'empêcher de s'arrêter et de regarder à l'intérieur. Il fut bousculer au passage par une vieille femme revêche qui gronda:

– Ôtes-toi de là manant!

Sans protester, il obéit et prit la direction des Fontaines. Mais il avait reconnu maman Louis. Cette rencontre lui parut un signe favorable du destin. Certes, il se souvenait bien d'un épisode sentimental avec elle, mais il comptait surtout pouvoir en faire un instrument docile. En effet, la famille de maman Louis tout comme celle de son mari avait toujours servi celle de Rodolphe. Mais, vindicatif comme à son habitude, il était bien décidé en outre à lui faire payer son dédain présent, un jour ou l'autre.

Ce soir-là, Rodolphe se rendit donc à Vauferment. Les abords de la maison, enveloppés de brouillard, lui parurent tranquilles jusqu'à ce qu'il aperçoive une ombre suspecte derrière un arbre et qu'il entende quelques chuchotements. Hésitant, il resta de longues minutes sans bouger. Il songea à part lui que la douce Aliette devait sans doute faire surveiller la maison de maman Louis. Mais à malin malin à demi, il emprunta la voie des branches, comme il avait vu l'Ermite le faire. Les guetteurs ne se rendirent compte de rien. Rodolphe eut un ricanement silencieux.

Arrivé tout près de la maison, il la contourna et lança une poignée de petits cailloux dans la fenêtre de ce qui était la chambre de maman Louis. C'était le signal qu'il utilisait jadis. Maman Louis se réveilla immédiatement. Bouleversée, elle se leva et ouvrit la fenêtre. Elle se pencha mais ne vit rien. Soudain, une silhouette se détacha malgré la nuit profonde. Elle retint un cri: Rodolphe! Si elle avait obéi à son premier mouvement, elle aurait refermé la fenêtre mais habituée depuis toujours à obéir à son maître, elle descendit ouvrir la porte d'entrée.

Les retrouvailles furent froides, surtout de la part de la femme. Elle ne ressemblait pas à celle qu'il avait jadis facilement séduite, maintenant elle ne semblait plus du tout décidée à lui tomber dans les bras. Il devinait en plus d'une certaine répulsion, une sorte de crainte ou d'inquiétude qu'il ne parvenait pas à comprendre. Il eut beau la questionner, elle ne lui livra pas le fond de sa pensée et il dut se contenter de sa molle acceptation de l'aider dans ses entreprises. Lorsqu'il tenta de la prendre dans ses bras, elle fit un saut en arrière et siffla:

– Ne me touchez pas!

Il ricana:

– Tout doux, la belle! Tu n'as pas toujours dit cela! Au contraire...

Mais il n'insista pas: L'important était qu'elle lui obéisse, même si visiblement sa réapparition la contrariait.

Certes, elle exécutait ses ordres sans murmurer mais sans enthousiasme et même à contre cœur. Ainsi, obéissante, elle n'expliqua rien aux deux jeunes filles qui ne surent donc pas que le nouveau venu était leur père.

Profitant d'un épais brouillard, l'inconnu était donc parvenu sans être vu jusqu'à Vauferment. Il avait si bien repéré les guetteurs qu'il put aussi repartir par la cime des arbres sans attirer leur attention. Il avait été convenu avec maman Louis qu'elles se mettraient en route dès que l'homme qu'il avait chargé de les guider, arriverait et que les montures seraient prêtes.

Maman Louis dut aviser les deux jeunes filles qu'elles partaient en voyage. Henriette s'en montra immédiatement enchantée alors que sa cousine ne parut que résignée. Autorisée par Rodolphe à leur annoncer quel était le but de leur voyage, elle obtint un franc succès auprès de Henriette qui parut ravie à l'idée de partir pour Paris. Agnès parut encore plus triste mais ne dit rien, sachant bien que son avis ne serait pas pris en considération. Maman Louis ne paraissait quant à elle pas particulièrement réjouie de ce changement dans leur vie; elle semblait même préoccupée. Pourtant, les préparatifs furent vite faits. Comme elles ne quittaient pas les lieux sans espoir de retour, la vieille servante et son fils devaient continuer à y habiter et à assurer l'entretien.

Comme prévu par Rodolphe, son émissaire vint les chercher, il devait leur servir de guide tandis que Rodolphe fermait la marche. Ils progressèrent rapidement à pied à travers la forêt. Leur départ ne fut donc pas immédiatement remarqué par les hommes chargés de la surveillance de Vauferment. Tant et si bien qu'ils perdirent rapidement leur trace. Quand ils firent leur rapport à Aliette, celle-ci ne leur fit aucun reproche mais elle n'en pensait pas moins, il y avait du Rodolphe derrière cette disparition.

Robert appelé d'urgence à Moulins, affirma, plus qu'il ne questionna:

– Tu crois que Rodolphe n'est pas étranger à cette disparition?

Aliette soupira:

– J'en suis certaine.

Le vieux seigneur Harold approuva:

– Moi aussi. Pourtant, c'est curieux car l'homme qui les a conduite ne ressemble pas à Rodolphe.

– Un complice? Suggéra Aliette.

– Oui, je pense à Joseph. Si j'ai raison, la prochaine fois que le l'attrape je lui fais avaler toutes ses drogues miraculeuses. D'ailleurs, je lui avais déjà promis...Et j'aime tenir mes promesses quand l'occasion s'en présente...

La jeune femme baissa la tête:

– C'est ma faute si on l'a libéré, il paraissait tellement chétif, inoffensif...J'ai laissé faire pour ne pas sembler inutilement cruelle.

Harold conclut:

– C'est surtout un hypocrite!

Robert, habituellement indulgent, soupira:

-Et en plus il doit être plein de haine à notre égard.

Aliette questionna:

– Et maman Louis, à votre avis?

Harold réfléchit quelques instants avant de déclarer:

– Je la crois pleine d'envie et d'ambition mais aussi elle ne doit pas porter Rodolphe

dans son cœur.

Robert questionna:

– Pourtant, elle semble accepter de lui obéir? Vous croyez qu'elle est encore amoureuse de lui?

Harold fit la moue:

– Je crois qu'elle ne l'a jamais aimé, elle avait espéré s'en faire épouser. Mais Rodolphe l'a faite se marier avec Louis. Ils auraient pu bien s'entendre, aussi âpres au gain, mais je crois qu'ils n'ont jamais vécu ensembles. Pourtant ils étaient parfaitement assortis, ambitieux, sans scrupules, aimant l'argent...

La jeune châtelaine remarqua de façon péremptoire:

– A sa place, je haïrais Rodolphe.

Robert approuva:

– C'est peut-être le cas. Ce pourrait être utile dans l'avenir si elle décidait de contrarier ses projets.

Harold commenta:

– Contrarier ses projets peut-être mais ce n'est pas pour cela qu'elle va nous aider à nous défendre contre les agissements de Rodolphe, il est capable de tout pour nous nuire..

Et il conclut avec amertume:

– Mais on le sait déjà.

5.A Paris

Rodolphe avait tout combiné. Après un début de voyage à pied, les voyageuses trouvèrent des mules qui les attendaient. Le vieux Joseph n'était pas bavard. Maman Louis le questionna en vain sur les conditions matérielles de leur voyage. Il répondit du bout des lèvres que tout était arrangé. Rodolphe l'avait prévenu qu'il l'étripait s'il s'avisait d'être trop bavard et il prenait cette menace très au sérieux. Certes, il avait reçu de nombreuses menaces au cours de sa vie agitée mais Rodolphe depuis sa « résurrection » lui faisait particulièrement peur.

Ce n'est qu'au bout de plusieurs lieues que la jeune Henriette remarqua:

– Nous sommes suivies, regardez!

Maman Louis haussa les épaules sans donner d'explication. En effet, Rodolphe avançait maintenant dans le sillage des voyageuses sans chercher à se cacher. Joseph et maman Louis se savaient donc surveillés.

Le voyage était long, parfois hasardeux car certains coins étaient infestés de brigands, pourtant nul ne les inquiéta. Ils firent étape dans de modestes auberges dont la propreté n'était pas la qualité dominante. Les paillasses abritaient le plus souvent de la vermine. Quant à la nourriture, elle pouvait parfois être plus que frugale et le plus souvent de mauvaise qualité. Joseph dont Rodolphe avait garni l'escarcelle, achetait des provisions en passant devant des fermes qui semblaient prospères.

Avant de partir, Rodolphe avait eu une idée géniale qui avait consisté à dévaliser l'abbaye de la Trappe. Cela lui avait été facile puisqu'il connaissait parfaitement les lieux et les habitudes de l'abbé. Les dons parfois généreux des fidèles étaient ainsi arrivés directement dans son trésor de guerre qui avait bien besoin d'être renfloué. Les quelques pièces trouvées dans les affaires de l'Ermite auraient été insuffisantes pour financer ses vastes projets.

Parvenus dans la capitale, les voyageurs

s'installèrent dans un premier temps dans une auberge. Le quartier était sale et bruyant. Telle avait été l'impression première de la jeune Agnès. Pourtant, la rue était comme une grande salle de spectacle à ciel ouvert. On y croisait des cavaliers, des seigneurs couchés dans leur litière. On y voyait des femmes chargées de paquets, qu'elles portaient parfois sur leurs têtes. Des hommes se pressaient à la porte des tavernes, où ils buvaient du vin ou de la bière. Sa cousine quant à elle avait trouvé l'endroit magnifique. Elle passait son temps à se promener dans les rues, sans écouter les timides remontrances de maman Louis.

En effet, Henriette avait beaucoup plus de liberté que sa cousine Agnès. C'était toujours cette dernière qui devait aider maman Louis dans les tâches ménagères. Il avait ainsi quelques différences de traitement entre les deux jeunes filles. Quand maman Louis cousait des robes, le plus beau tissus était toujours réservé à Henriette. Les deux cousines étaient censées aller prendre des leçons avec un vieux prêtre. Henriette faisait le plus souvent l'école buissonnière alors que Agnès était très assidue et n'était absolument pas jalouse. Elle aimait l'étude alors que Henriette trouvait beaucoup plus intéressant d'aguicher tous les jeunes gens qu'elle croisait dans la rue. Maman Louis tentait de l'en empêcher, mais c'était en vain. Elle s'attardait à écouter les bouffons raconter des histoires ou à regarder les jongleurs et les acrobates.

Joseph avait déniché un petit logement près de l'auberge et les trois femmes s'y étaient installées. Rodolphe et le vieil astrologue continuaient quant à eux à habiter à l'auberge. Henriette ne s'intéressait pas du tout à Joseph et à Rodolphe, et c'était réciproque. Elle méprisait tout ce qui n'était pas beau et qui n'était pas elle. Agnès éprouvait une véritable répulsion à l'égard de Joseph. Rodolphe la mettait également mal à l'aise quand elle sentait son regard posé sur elle. Rodolphe était convaincu de ne pas avoir de cœur et pensait s'intéresser à Agnès qu'en fonction de l'utilité qu'elle pourrait avoir pour lui. Il découvrait avec étonnement que la jeune fille n'était pas sotte et avait même un peu d'instruction. Il s'amusa un soir à tester ses connaissances, puis le jour suivant puis presque tous les soirs. Il prenait plaisir à partager avec elle son propre savoir. Pourtant, Agnès continuait à être sur la défensive.

Un jour, il questionna de façon abrupte:

– Je te fais peur?

La jeune fille hésita avant de répondre franchement:

– Je ne sais pas vraiment. Vous semblez toujours avoir une arrière-pensée quand vous me regardez.

Rodolphe ne répondit pas directement et se contenta de murmurer:

– C'est curieux, Tu me rappelles quelqu'un...

Les jours suivants, Rodolphe continua à se montrer préoccupé. Agnès s'inquiétait sans oser faire de commentaires car il restait parfois de longues minutes à la considérer sans mot dire.

Un après-midi, maman Louis décréta qu'elle avait besoin d'urgence de chandelles. Agnès était seule en compagne de Rodolphe, elle lisait un livre tandis que lui semblait somnoler. Henriette, comme à son habitude, était sortie sans explication. Maman Louis décida:

– Tu vas aller m'acheter de la chandelle.

Docile, Agnès se leva, pourtant elle n'aimait pas sortir, surtout quand personne ne l'accompagnait. La servante qui venait aider maman Louis était précisément absente. La jeune fille soupira et saisit son fichu. Rodolphe ouvrit les yeux et déclara:

– Je viens avec toi.

Maman Louis n'osa faire aucun commentaire et se contenta de pincer les lèvres. Ce fut le seul signe de son mécontentement tandis que Agnès le remerciait, pleine de gratitude. Avec un petit sourire d'excuse, elle murmura:

– Tout ce monde dans les rues me fait peur. Parfois sur mon passage les hommes font des remarques que je devine grossières.

Rodolphe ne répondit pas pas directement

mais déclara:

– Allons!

Agnès obéit avec empressement, craignant qu'il ne change d'avis.

Passant, près de lui, elle murmura avec gratitude:

– Merci seigneur Rodolphe.

Dès leur sortie de la maison, ils se trouvèrent au milieu de la foule. Il y avait là bon nombre de gens qui travaillaient, tous les corps de métiers étaient représentés, en particulier les porteurs d'eau, camelots, bateleurs, mais aussi des hommes qui ne semblaient avoir rien d'autre à faire que dévisager avec effronteries les passantes ou chercher querelle au premier venu.

Quand elle passa auprès d'un groupe d'individus à la tenue débraillée, Agnès se crispa et se rapprocha de Rodolphe. Spontanément, il saisit la main de sa compagne, non sans se traiter mentalement de vieil imbécile: Qu'est-ce qu'il lui prenait de vouloir défendre une jeune fille en détresse? Il savait pourtant bien qu'il n'avait pas la fibre paternelle et pas de cœur d'une façon générale. Il en conclut, désabusé, qu'il vieillissait.

Agnès n'aimait pas les hautes maisons qui semblaient presque se toucher tant elles étaient proches les unes des autres. Les ruelles sombres et les arrière-cours ne lui semblaient pas plus hospitalières. Les rues étaient sales et mal famées. Elle y respirait difficilement.

La course fut vite faite, Agnès n'aimait pas du tout l'animation de la ville. Elle regagnait, avec un soupir de soulagement, leur logement sombre et humide, où elle craignait toujours que le feu ne s'y déclare. De retour devant la porte de la maison, Rodolphe la quitta brusquement sans qu'elle ait le temps de le remercier. Il avait vaguement marmonné qu'il avait à faire.

En réalité, désœuvré, il s'était rendu à l'auberge, plutôt mal famée où il avait commencé à réunir sa bande.

Les affaires marchaient au ralenti, on ne parlait pas de crise en ce temps-là mais le terme aurait été de circonstance. En effet, rançonner les voyageurs imprudents devenait difficile. La sécurité du Royaume était mieux assurée. Les larrons se faisaient plus facilement repérer. Il avait pourtant recruté quelques éléments prometteurs mais ils s'étaient fait prendre en train de visiter une escarcelle qui ne leur appartenait pas. En ce temps-là, on n'était pas tendre avec les voleurs et les faussaires. Il avait aussi enrôlé d'anciens hommes d'arme qui avaient du goût pour le pillage et l'oisiveté. Quelque soit sa spécialité, lorsque Rodolphe perdait l'un de ses acolytes, celui-ci risquait, dans le meilleur des cas, de finir ses jours en prison. Selon la coutume qui pouvait varier d'une région à l'autre, d'autres châtiments pouvaient exister: yeux crevés, pieds, mains ou oreilles coupées. Mais à Paris, rien que l'impressionnante silhouette du Châtelet suffisait à effrayer les justiciables, même les plus intrépides, même si on le considérait comme la conclusion inévitable d'une carrière bien remplie.

Le butin de la petite bande restant donc encore modeste. Rodolphe avait beau combiner des plans qui devaient rapporter gros, ce n'était pas toujours le cas. Un riche marchand pelletier qui avait été enlevé et séquestré en vue d'une rançon, avait réussi à s'évader. Il avait alerté le guet et le vieux Joseph avait retrouvé pour l'occasion ses jambes de vingt ans pour conserver sa liberté. Deux de ses complices avaient été arrêtés. Rodolphe cherchait donc à recruter. Il considérait son verre d'un air songeur lorsque Joseph fit son entrée. Le vieil astrologue-empoisonneur-ainsi appelé par le seigneur Harold- s'assit à la table et commanda une consommation. Il regarda à la dérobée son vis-à-vis. Il lui parut pas particulièrement de bonne humeur. Ne voulant pas risquer une rebuffade, il attendit respectueusement.

Dans un premier temps, Rodolphe ne parut même pas s'apercevoir de sa présence. Il finit quand même par lui donner quelques ordres indispensables.

Dans les jours qui suivirent, il sembla se

désintéresser totalement de leurs activités;
Joseph n'osait pas faire de remarques.
Heureusement, il avait lui aussi de l'imagination
pour occuper la petite bande car chacun sait que
l'oisiveté est la mère de tous les vices. Ainsi, les
jours de foire, sous sa houlette, les enfants de la
cour des miracles détroussaient les badauds
naïfs qui tentaient de faire cesser une
bousculade, voire une bagarre qu'ils
organisaient. Et avec le temps, leurs économies
devenaient rondelettes.

Pendant ce temps, les deux filles de
Rodolphe poursuivaient leur éducation: Agnès
étudiait pour ne pas voir ce qu'elle considérait
comme la laideur ambiante, leur logement
sombre et insalubre, la rue encombrée de
détritus...Elle apprenait le latin et la géographie.
Henriette s'amusait avec les jeunes hommes
qu'elle aimait affoler. Le dernier en date était un
ouvrier orfèvre qui avait pour nom Baudouin.
Elle aimait le voir à ses genoux pour mieux le
repousser. Il en perdait le boire et le manger et
négligeait son travail. Son maître se fâchait en
vain, il ne pensait qu'à la cruelle.

Maman Louis avait fait de timides
remontrances à la jeune fille mais pour toute
réponse, elle avait haussé les épaules avec
insolence. Pourtant Baudouin, issu d'une famille
aisée aurait pu être un bon parti pour la jeune
fille mais elle aimait mieux s'amuser.

Parfois le jeune homme tentait de se ressaisir, il trouvait une oreille compatissante auprès d'Agnès. Mais ces sursauts d'indépendance ne duraient pas.

Joseph, pour s'occuper, puisque Rodolphe ne paraissait pas très entreprenant, avait repris son ancien métier et recevait ses clients dans une petite chambre près de leur logement. Mais l restait fort discret et ne recevait que quelques rares initiés.   Désormais, il mêlait un peu de religion à ses consultations et un grand crucifix occupait tout un mur de son cabinet de consultation. Il avait ajouté à ses attitudes théâtrales un signe de croix par-ci par-là et lorsqu'il ne savait que répondre, il levait les yeux au ciel, cela lui donnait le temps de réfléchir.

Rodolphe qui occupait la chambre voisine, se distrayait parfois en observant les naïves victimes de l'astrologue. Mais dans l'ensemble, il paraissait méditatif, voire préoccupé. Quand il était en présence de maman Louis, il restait volontiers silencieux, elle se sentait manifestement mal à l'aise en sa présence. Il donnait l'impression de jouer avec elle comme un chat avec une souris. Il avait un tout autre regard lorsqu'il se posait sur Agnès. Celle-ci aimait s'occuper et elle ne s'apercevait pas toujours de l'attention dont elle faisait l'objet lorsqu'elle filait la laine ou cousait. Henriette était quant à elle le plus souvent absente, les remontrances de sa mère la laissait parfaitement indifférente ou plutôt elles paraissaient l'inciter à persévérer.

Et puis un jour, Rodolphe décida qu'ils devaient tous regagner Vauferment. Les réactions furent variées. Agnès fut ravie d'entendre cette nouvelle. Maman Louis en parut plus soucieuse. Joseph, déjà résigné, soupira:

– Finie la belle vie!

Et il congédia tous ses aides auxquels il avait appris le métier.

Henriette tenta de refuser mais ce fut en vain, elle dut se soumettre. Baudouin fut désespéré, avant de décider de quitter son travail et sa famille afin de suivre sa belle. Il se serait par trop languis loin de l'objet de sa flamme.

La petite bande réunie par Rodolphe et Joseph tenta de continuer ses activités après le départ de leurs professeurs. Les hommes et les enfants qui la composaient avaient été à bonne école avec deux bons maîtres mais souvent leurs carrières furent assez brèves. Beaucoup finirent par intégrer pour longtemps les prisons royales alors que d'autres furent pendus sur le champ...

6.Le retour

Un beau jour, après que Joseph ait été à deux doigts de se faire arrêter par le guet, Rodolphe avait donc décidé que, désormais à la tête d'un trésor de guerre confortable, il était temps pour eux de rentrer pour s'occuper de ce qui se passait au pays de la Marche. Il avait eu le temps de méditer et de mûrir ses plans. Il se sentait fin prêt pour tisser sa toile. Il avait laissé passer l'hiver et la période du carême, le printemps lui paraissait la saison la plus propice aux déplacements.

Si Baudouin avait cru que sa présence serait mal acceptée, il n'en fut rien. Obéissant à Rodolphe qui pensait pouvoir l'utiliser, maman

Louis ne souleva aucune objection et le jeune
homme put chevaucher aux côtés de sa belle.
Henriette affectait pourtant le plus parfait
dédain à son égard. Il veilla consciencieusement
sur les voyageuses, Rodolphe et Joseph les
suivaient de loin avec leur butin.

Le voyage s'annonçait paisible. Rodolphe en
avait réglé les détails. Il n'y avait pas de
nécessité de se presser si bien que les étapes
avaient été choisies avec soin. C'était la saison
des labours et au passage, Rodolphe regardait
les travaux des champs d'un air satisfait: Le
printemps était sa saison préférée.

La chevauchée se déroulait dans des
conditions presque confortables pour l 'époque.
Les repas étaient copieux puisque les voyageurs
achetaient leur nourriture. Joseph faisait
honneur au vin qui lui était servi et se laissait
conduire par sa mule, laquelle restait sobre. A
ses côtés, Rodolphe se taisait le plus souvent et
mangeait et buvait peu. A l'occasion des repas
ou le soir après le diner, ils se retrouvaient tous
ensemble mais cela ne rendait pas Rodolphe
plus bavard. Il se contentait de regarder
fixement l'un ou l'autre de ses compagnons. Un
observateur attentif aurait peut-être constaté que
son regard semblait s'adoucir lorsqu'il se posait
sur Agnès. Mais c'était tellement fugace que nul
ne parut s'en rendre compte. Lui-même n'en
était probablement pas conscient.

Nos voyageurs chevauchaient parfois plusieurs heure d'affilées, sans cependant adopter une allure particulièrement rapide. Lassé parfois du dédain affiché par Henriette, Baudouin faisait la conversation à Agnès. C'était plutôt un monologue. La jeune fille lui prêtait toujours une oreille compatissante.

Baudouin soupirait:

– Quel malheur pour moi d'avoir rencontré Henriette. Vous ne seriez pas si cruelle. Elle ne me trouve pas assez bien pour elle. Si c'était vous que j'avais rencontrée, tout aurait été différent. Je suis conscient qu'elle fait mon malheur, pour lui complaire, je me suis brouillé avec ma famille, j'ai quitté mon travail....

Après quelques minutes de silence, il ajoutait plein d'amertume:

– Je suis le jouet d'une coquette qui n'a ni cœur ni vergogne. Elle tourne mon amour en dérision et me ferait faire n'importe quoi.

Agnès protestait:

– Mais non, vous ne feriez pas n'importe quoi!

Baudouin, pas totalement convaincu, soupirait:

– Dieu vous entende, mon amie.

Et il se replongeait dans ses pensées moroses: Depuis quelques temps, il devinait une tempête sous le crâne de son amante. Souvent maman Louis avançait à son niveau et lui parlait longuement. Joseph faisait de même. Henriette écoutait volontiers le vieil homme qui maniait la flatterie comme personne, ce qui lui permettait d'encourager ses rêves de grandeur.

Rodolphe faisait avancer sa monture toujours en peu à l'écart des voyageurs. Souvent, les yeux dans le vague, il songeait au passé. Mais parfois on regard s'attardait sur la silhouette de la jeune Agnès et il grommelait des paroles indistinctes dans sa barbe avant de regarder maman Louis d'un air mauvais.

Enfin, ils arrivèrent non loin de Vauferment; Rodolphe se redressa, soudain l'air moins sombre. Il regarda autour de lui avec curiosité: Le chemin avait été élargi et empierré. Avisant un homme qui coupait du bois provenant de l'élagage, il questionna:

– Que se passe-t-il donc? On a remis les corvées en vigueur?

L'homme approuva:

– Tous les seigneurs alentour font de même, on entretient le chemin et on peut emporter le bois. C'est dame Aliette à Moulins qui en a décidé ainsi...Les autres font de même...

Il eut un rire satisfait:

– ...Et grâce à cela, tout le monde a du bois pour l'hiver, même les plus pauvres. On peut se chauffer et réparer les maisons. Dame Aliette a aussi créé une confrérie pour venir en aide aux plus pauvres.

Rodolphe hocha la tête avant de questionner:

– Nous sommes partis depuis longtemps, il y a du nouveau dans la région?

– Vous savez que dame Aliette fait défricher autour de la Mellerie pour y faire de la culture de céréales. Il va y avoir un grand grenier pour entreposer les réserves. Elle fait aussi construire une ferme près de la Moulinière, près du chemin des fontaines avec de grandes étables et de écuries. Il va y avoir aussi une bergerie. S'il y a longtemps que vous n'êtes allés à Moulins, vous allez y trouver beaucoup de changements. Maintenant il y a plusieurs greniers où sont entreposées les céréales. Tous les habitants sont assurés d'avoir de quoi faire du pain et manger à leur faim. Cela vaut mieux que la famine. Et puis Dame Aliette est de taille à repousser les pillards!

Le contentement de l'homme était compréhensible car en ce temps-là, le pain était le principal composant de la nourriture, on pouvait facilement en consommer un kilo par jour.

Rodolphe encouragea le bavardage de l'homme qui n'attendait que cela pour préciser:

– Toutes les rues de la ville sont bien empierrées, pas uniquement la grande rue. Même après un orage, on peut marcher les pieds au sec. Dame Aliette a fait construire une halle pour le marché du jeudi. Elle a fait construire un mur autour du cimetière qui est accolé à l'église et maintenant il est interdit aux animaux. On ne peut plus s'y promener; Les enfants ne vont plus. Maintenant ils vont jouer à la Moulinière. Dame Aliette a aménagé un jardin pour eux. Ils peuvent y jouer à la toupie, aux billes, aux quilles ou à colin-maillard sans risquer de se faire renverser par un cheval ou un char à bœufs.

En dehors de cela, la vie s'écoulait paisible au rythme des saisons. Au pays de la Marche, les habitants ns cherchaient pas à se révolter contre le pouvoir de dame Aliette. Mais Rodolphe ne supportait plus d'entendre vanter les qualités de celle qui lui volait l'affection de son fils. Il interrompit un peu brutalement la conversation et son interlocuteur n'eut d'autre choix que se remettre à l'ouvrage.

Nos voyageurs s'installèrent donc à Vauferment, sauf Baudouin que Maman Louis envoya s'installer dans une maisonnette située au fond du verger. Julie, la vieille servante et Mathurin son fils étaient restés là et avaient entretenu du mieux qu'ils pouvaient la maison. Toujours aussi imprévisible, Mathurin ne fit son apparition à Vauferment que plusieurs jours après le retour des voyageuses. Désormais, il semblait nourrir une véritable passion pour Henriette et il la suivait tel un animal familier. La jeune fille s'en amusait et se moquait ouvertement du pauvre garçon.

Se sentant financièrement à l'aise, Rodolphe décida que quelques travaux s'imposaient. Il s'octroya pour lui-même la plus grande chambre et désigna une petite pièce pour Joseph. Henriette eut une servante, des vêtements neufs. Rodolphe en proposa à Agnès qui murmura:

– Je vous remercie mais je n'en ai pas besoin et je peux m'en coudre si besoin et puis je n'ai nul besoin de servante!.

Elle regarda sans aucune envie Henriette se pavaner dans ses nouveaux atours alors que Baudouin paraissait furieux.

Henriette eut une nouvelle mule, et Agnès également, sans qu'on lui demande son avis. Henriette était d'un tempérament paresseux, la mule ne sortirait pas souvent. Agnès était au contraire ravie à l'idée de pouvoir parcourir la campagne environnante. Ces derniers temps, maman Louis ne faisait que rarement appel à elle pour vaquer aux soins du ménage, elle avait la nouvelle servante qui venait presque chaque jour et qu'elle tyrannisait.

Joseph semblait s'être instauré le chevalier servant de Henriette et restait souvent près d'elle. Il lui parlait à voix basse et lui faisait mille compliments. Lorsque Baudouin était présent, le jeune homme se retenait manifestement de l'envoyer au diable. Il ne pouvait plus approcher sa belle qui, même en tête-à-tête refusait ses baisers. Le vieil astrologue semblait victime du démon de midi...

Ce jour-là, chargée de rapporter quelques commissions, Agnès s'éloigna juchée sur sa mule. Elle était pourtant partie « à la fraîche » mais le chemin bien entretenu n'était pas toujours ombragé. Elle commençait à regretter sa sortie lorsqu'elle fit une rencontre au détour du sentier. Elle se montra ravie de voir René. Sans embarras, elle souriait aux anges. Ils refirent donc connaissance. Spontanément, la jeune fille raconta tout ce qui lui était arrivé depuis son départ. René eut donc confirmation de l'intervention de Rodolphe et Joseph. Mais tout lui semblait secondaire tandis qu'il admirait la gracieuse silhouette de sa jeune amie: Elle était encore plus belle que dans son souvenir. Charmé, il regardait les yeux clairs qui reflétaient son âme d'enfant. D'abord comme intimidés, les deux jeunes gens se mirent à bavarder gaiement, heureux sans raison. Maintenant ils avaient mille choses à se confier et ne voulaient plus se quitter. Le soleil était maintenant haut dans le ciel et ni l'un ni l'autre ne voulait s'éloigner en premier.

C'est alors qu'arriva Foulques de la Barre. Le temps semblait avoir glissé sur lui et il paraissait en pleine forme, ainsi que Agnès lui en fit compliment. L'homme se mit à rire:

– Mille mercis gente demoiselle!

Il était resté mince et vigoureux, un adversaire redoutable à la lutte. Et il s'inclina avec une grâce un peu moqueuse:

– Mille mercis d'avoir daigné regarder ma modeste personne alors que celle de René semblait vous occuper totalement.

Agnès rougit et murmura d'un ton de reproche:

– Chevalier, ce n'est pas gentil de vous moquer de moi.

Foulques répondit avec le plus grand sérieux:

– Je ne me moque pas demoiselle, je vous taquinais. Mais ce n'était nullement une critique, bien au contraire.

Considérant la jeune fille, Foulques ne pouvait s'empêcher de songer que c'était la fille de Rodolphe, mais nul ne pouvait résister à son charme, René était manifestement conquis. Il prit congé rapidement et les laissa en tête-à-tête, c'est à peine si les amoureux y firent attention: Nul manifestement ne pourrait s'opposer au destin de ces deux-là. Et lui-même préférait ne pas s'appesantir sur l'état de son cœur.

Dans les jours qui suivirent, René ne fit plus que de brèves apparitions à la Moulinière. Il se désintéressait des travaux entrepris par la douce Aliette qui devait se contentait de l'admiration béate de son époux. Blanche le voyait quitter rapidement la table sitôt la dernière bouchée avalée, sans faire de commentaire mais avec un léger sourire. Harold l'ancien questionna un jour:

    – -On peut savoir ma mie, ce qui vous amuse?

    Blanche lui sourit:

    – René est amoureux.

    – Ah bon! Et bien sûr vous savez qui est l'heureuse élue?

    Blanche hocha la tête tandis qu'il questionnait:

    – Vous approuvez son choix?

    Blanche hésita:

    – Je le comprends.

    Et elle ajouta, pensive:

    – L'approuver...C'est plus difficile!

    Harold l'aîné fronça les sourcils et questionna:

    -C'est qui?

    Blanche soupira avant d'avouer:

    – Agnès, la fille de Rodolphe.

    Harold devint tout rouge et bégaya:

    – La fille de... Rodolphe! On n'en aura donc jamais fini avec lui...!

    Blanche tenta en vain de le calmer. Attirée par le bruit, Aliette fit son entrée. A sa vue, son père rugit:

    – Viens donc écouter la dernière nouvelle, ton frère est amoureux de la fille de Rodolphe.

    Aliette rétorqua tranquillement:

    – Je le savais, Père!

Et elle s'assit avec la lenteur majestueuse d'une reine tandis que le vieux seigneur bredouillait:

– Tu ...le... savais?

Aliette hocha la tête:

– Je le savais. C'était déjà le cas alors que Agnès était encore toute jeune. Ils se sont revus et c'est toujours ainsi. René a été vaincu. L'amour triomphe!

Indigné, le vieil Harold insista:

– Et c'est tout?

Aliette soupira:

– C'est tout! Ils s'aiment, on ne va pas les contrarier pour en faire deux malheureux, d'ailleurs René n'a pas besoin de votre consentement.

Harold gronda:

– Ce jeune béjaune!

La jeune châtelaine commenta:

– Tout ce que vous pourrez dire ne changera rien: L'amour est vainqueur!

Le vieux seigneur questionna:

– Il veut l'épouser?

Blanche intervint:

– Il ne nous a pas fait de confidences, mais le connaissant c'est plus que probable!

Harold tenta encore de protester mais Aliette l'interrompit et conclut:

– C'est inutile, père, René vous ressemble et il n'en fera qu'à sa tête.

Pour une fois, le vieux seigneur n'était pas du tout satisfait que l'un de ses enfants lui ressemble.

96

7.L'heure du choix

Depuis qu'il avait revu Agnès, René passait de longues heures à méditer, voire à rêvasser. Un temps ses proches s'étaient inquiétés de ses rêveries car il parlait de croisades, de voyages lointains et de la Sicile. Mais désormais, il ne pensait qu'à sa belle. Sa mère, pas plus que dame Aliette ou Foulques n'osaient le déranger. Son père avait décidé de surveiller lui-même les travaux de construction de la ferme et de ses dépendances. Le vieux seigneur ne rentrait que pour manger et dormir. De temps-en-temps, il grommelait dans sa barbe:

– ...Fonder une famille!...Il aurait pu en trouver une autre!...Continuer à s'amuser!...Moi à son âge, la petite gardeuse de moutons...!

Mais son rire qui se voulait égrillard sonnait faux. Il avait l'impression qu'un mauvais génie s'arrangeait pour embrouiller les fils de leur vie et ils se retrouvaient confrontés au mal en la personne de Rodolphe.

Pendant ce temps, Robert était allé rendre visite à son ami Foulques qui avait élu, définitivement semble-t-il, domicile au Bois-Gautier.

Robert se tourmentait: Vauferment abritait de nouveau Henriette et il jugeait sa présence néfaste pour son ami Foulques. Il avait voulu lui en toucher deux mots mais le chevalier avait haussé les épaules en déclarant:

– Je ne crains rien, je ne l'aime pas.

Robert insista:

– Justement, si elle voulait se venger...?

– Mon ami tu as trop d'imagination.

Robert soupira:

– Je l'espère mais si elle a hérité du caractère de son père...

Et il ajouta avec précautions en baissant la voix:

– Surtout si elle découvre que votre cœur est pris ailleurs...

Foulques fronça les sourcils:

– Que veux-tu dire?

Robert soupira:

– Rien de plus mon cher chevalier.

Foulques resta quelques minutes silencieux avant de reconnaître:

– Tu as bien vu, inutile de te prier d'être discret.

Robert hocha la tête et confirma avec sobriété:

– Inutile. Mais prenez garde, une femme amoureuse et dédaignée...Henriette pourrait être dangereuse...

Foulques remarqua:

– Pourtant, René a bien dit qu'elle a un amant, il s'appelle Baudouin, me semble-t-il.

– Oui mais...Il a aussi répété ce que raconte Agnès, elle ne l'aime pas et le rudoie volontiers.

Et il ajouta:

– Agnès me l'a raconté également.

– Vous l'avez vue hors de la présence de René?

– Oui, elle cueillait, en compagnie d'un gros chien hirsute aux allures de loup, des fleurs le long du sentier qui va à Ricordam, je ne pouvais pas ne pas la voir en allant hier, rendre visite à Charles. Elle attendais René. J'ai parlé un peu avec elle, douloureux plaisir s'il en est!

– Mon pauvre ami! Soupira Robert.

Foulques haussa les épaules:

– Ils font un beau couple parfaitement assorti. Si René était tombé amoureux de

Henriette, il aurait fallu l'en détourner, mais Agnès c'est différent.

Pendant ce temps, maman Louis avait un entretien avec Rodolphe et Joseph.

Henriette était partie en traînant les pieds chercher du lait.

Rodolphe déclara:

– Il faut agir.

Ses deux complices attendirent respectueusement qu'il s'explique:

– Il faut que Henriette renoue avec ceux de la Moulinière. Joseph qui a bien observé les habitudes de chacun, a vu que René part souvent en promenade à cheval, presque chaque matin. Demain, Henriette le rencontrera par hasard, alors que sa mule s'emballera...Le preux René la sauvera...

Rodolphe parla longuement avant de conclure:

– Joseph lui fera la leçon dès qu'elle rentrera.

Maman Louis n'avait pas soulevé la moindre objection lorsque Rodolphe avait précisé qu'elle devrait s'assurer que la jeune fille connaissait son rôle à la perfection.

Rodolphe n'avait pas jugé utile de préciser la totalité de ses projets à ses complices. Il ne les avait pas totalement élaborés. Le but général était toujours le même, nuire et en même temps en tirer profit. Il estimait qu'on lui devait réparation puisque le vieux seigneur l'avait spolié de tous ses biens.

La vue de la Moulinière l'avait rendu enragé.
Il en avait grincé des dents: C'était avec son
argent que dame Aliette faisait des travaux. Et
apprendre que depuis, elle faisait construire une
ferme et réaliser un certain nombre
d'aménagements au profit des habitants du pays
de la Marche, ne contribuait pas à le mettre de
bonne humeur. Il grondait:

– C'est facile d'être généreux avec l'argent des
autres! C' est avec mon argent, c'est à moi!

Depuis quelques temps, René sortait chaque
matin à cheval. Il passait au pied de Falandre
sans faire mine de s'arrêter, avant d'obliquer en
direction du Prieuré de Mahéru. Il pressait alors
sa monture car il espérait, comme presque tous
les jours rencontrer Agnès sur le chemin qui
conduisait à Sainte-Gauburge et Sainte-
Colombe.

Ce jour-là, tout se passa comme prévu par
Rodolphe, du moins au début...

Maman Louis avait bien fait répéter sa leçon
à Henriette, la jeune fille désormais convaincue
qu'un fabuleux destin l'attendait, était un
instrument docile. Elle se voyait déjà occuper la
place de Dame Aliette.

Mais ce qui n'était pas prévu c'est que René
resterait totalement insensible au charme de la
jeune Henriette. C'est pourquoi, bien que se
précipitant au secours de la belle, René

s'empressa de la quitter après l'avoir conduite chez Foulques au Bois-Gautier.

Henriette fut donc fort dépitée de constater que son charme n'opérait pas et dès lors, Rodolphe n'eut pas d'auxiliaire plus zélée.

Mais le vieil homme ne se sentait pas du tout attiré par Henriette. En lui-même, il ricanait en pensant qu'il n'avait pas la fibre paternelle. Pourtant, lorsqu'il songeait à Agnès...

La mule de la jeune Henriette s'était emballée, René l'avait arrêtée, sans bien grand mal et la cavalière s'était évanouie. Embarrassé, René l'avait déposée au pied d'un arbre et lui tapotait les mains. Comme cela ne paraissait pas suffire, il avisa une flaque d'eau et aspergea l'accidentée. Elle s'éveilla immédiatement en se disant qu'il ne fallait pas trop tarder sous peine de voir ses vêtements hors d'usage. Elle considéra son sauveur d'un air étonné, un peu alanguie. L'air un peu égarée, elle réalisa bientôt ce qui lui était arrivé et en joignant les mains, elle le remercia d'un air extasié:

– Vous m'avez sauvée! Merci! Soyez béni!

René s'était redressé et, les poings sur les hanches, considérait la jeune fille encore étendue sur l'herbe:

– Vous semblez aller mieux;

Tout y était le soupir langoureux, le regard plein d'étonnement admiratif, le sourire encore un peu tremblant et surtout un air de reconnaissance éperdue.

Mais tout cela fut perdu pour René qui craignait surtout de trop s'attarder et de manquer sa rencontre avec Agnès .Il insista:

– Cela va mieux?

Henriette prit un air confus pour ajuster ses vêtements qui s'étaient malencontreusement déplacés lors de son sauvetage, elle les avait un peu aidés. Elle répondit finalement d'une voix mélodieuse quoiqu'un peu tremblante:

– Je vous remercie, je vais très bien maintenant.

Elle voulut se lever en profitant de la main secourable de René mais elle vacilla et serait tombée sans le bras providentiel du jeune homme. Elle se dégagea d'un air un peu gêné:

– Merci messire.

Et elle ajouta d'un accent pénétré:

– Merci mon sauveur.

René haussa les épaules et répondit d'un ton léger:

– Pas de quoi demoiselle, cette mule allait peut-être un peu vite mais elle n'était même pas réellement emballée. Vous n'étiez pas en danger. Pas de quoi s'affoler.

La main sur le cœur, la jeune fille murmura:

– J'ai eu si peur!

René retint la réplique agacée qui lui venait aux lèvres et proposa:

– J'ai un ami qui habite tout près d'ici, je vais

vous y conduire.

Sans attendre la réponse, René l'entraîna rapidement C'est donc au bras de René que Henriette fit son entrée au Bois-Gautier tout proche.

Lorsque Henriette se trouva en face de Foulques, elle fut partagée entre contrariété et joie. Elle sentait bien que sa mission ne tournait pas comme il aurait fallu mais d'un autre côté, elle revoyait Foulques auquel elle n'avait jamais cessé de penser. C'était un ennemi de taille certes, mais c'était le seul qui avait fait battre son cœur.

René raconta en quelques mots à son ami l'incident auquel il avait été mêlé avant de déclarer:

– Je vais vous laisser là demoiselle car on m'attend, mon ami Foulques va se faire un plaisir de vous raccompagner chez vous.

Le maître des lieux se déclara charmé de remplir cette mission tandis que René s'éclipsait rapidement.

Resté seul avec Henriette, Foulques questionna:

– Voulez-vous prendre un rafraichissement?

Henriette secoua la tête:

– Non, je vous remercie, je ne veux pas vous déranger davantage; je préfère rentrer à présent si vous le voulez bien.

Foulques s'inclina:

– Je vais faire préparer ma monture.

La rage au cœur, Henriette regagna donc Vauferment escortée par le chevalier et son serviteur qui les suivait respectueusement à quelques pas mais ne les quittait pas des yeux.

A Vauferment, il n'y avait pas âme qui vive. Rodolphe avait ordonné à maman Louis de s'absenter. Agnès était partie, comme on le sait. La vieille servante et son fils étaient dans la forêt pour faire des fagots. Julie cueillait aussi des plantes pour composer des remèdes.

Rodolphe avait voulu laisser le champ libre à Henriette mais il n'avait pas imaginé que René serait remplacé par Foulques. Joseph était le seul à être resté à la maison. Mais lorsqu'il vit qui accompagnait Henriette, il se mit à trembler comme une feuille en gémissant:

– Le chevalier...Je suis perdu...pauvre de moi!

Maintenant, il claquait des dents et la sueur de l'angoisse ruisselait sur son visage. Il se recroquevilla sous le lit, du moins il essaya, car il était un peu trop corpulent pour y parvenir totalement..

Au rez-de-chaussée, Foulques s'étonna:

– Il y a quelqu'un dans la maison.

Henriette balbutia:

– Je ne crois pas...La servante est partie faire des fagots avec son fils. Maman Louis est sortie, tout comme Agnès.

Elle ne parla ni de Rodolphe ni de Joseph, en espérant que le chevalier ne connaisse pas leur existence. Mais son interlocuteur ne laissa transparaître aucun sentiment. Il se contenta de la considérer attentivement avec un léger sourire qui lui semblait un peu railleur. Brûlant ses vaisseaux, elle questionna:

– Vous paraissez sceptique?

Foulques hocha la tête:

– Sans doute est-ce dans ma nature.

Henriette s'approcha de lui d'un air provocant. Il ne recula pas mais resta froid . Elle questionna:

– Je vous déplais?

Foulques eut un sourire un peu triste:

– Inutile d'essayer vos jolies griffes sur mon cœur, il ne réagira pas.

La jeune fille gronda:

– Je vous aime.

Foulques secoua la tête:

– Non, vous voulez seulement ce qui vous résiste.

Elle questionna avec âpreté:

– Vous aimez ailleurs?

Foulque haussa les épaules avec désinvolture:

-Ce n'est plus de mon âge!

Elle insista:

– Il n'y a pas d'âge et pour me résister, il faut avoir le cœur plein d'une autre! Malheur à elle, si je découvre qui elle est...

Le chevalier secoua la tête-à-tête:

– Je tiens trop à mon indépendance et à ma tranquillité.

Henriette conclut:

– Alors nous sommes ennemis chevalier...

Il sourit de nouveau:

– Je devrais sans doute trembler mais ma vieille carcasse ne craint rien.

Et la saluant avec une aisance pas totalement dénuée d' ironie, il déclara:

– Je vois avec plaisir que vous ne vous ressentez plus de votre mésaventure, je vais donc prendre congé.

Et sans attendre une réponse qui ne vint pas, il sortit de la maison et monta rapidement à cheval, imité par son serviteur.

Verte de rage, Henriette les regarda s'éloigner. Elle murmura entre ses dents:

– Il me paiera cet affront...

Joseph qui n'avait pas perdu une miette de la scène, jugea, courageusement, que ce n'était pas du tout le moment de se montrer. D'ailleurs, il était en proie à une jalousie féroce: Son idole aimait ailleurs! Mais il rapporta fidèlement à Rodolphe cette confrontation inattendue.

8.Jour de fête

En ce temps-là, des foires de grande
envergure étaient organisées à travers le
royaume, dans certaines régions, en Champagne
par exemple, elles avaient une renommée
internationale. Au pays de la Marche, elles
avaient une très grande importance dans toute la
région. En Champagne, le comte de
Champagne, puis Le roi Philippe Auguste
avaient contribué à leur essor. La sécurité y était
assurée. Les transactions y étaient importantes
et les fins de foire étaient l'occasion de
réjouissances que ce soit à Troyes ou à Provins.
A Moulins, les foires n'étaient pas aussi
nombreuses mais suivaient également le

calendrier des fêtes religieuses, et chaque semaine le marché était de plus en plus important..

Les habitants de la Moulinière se mêlaient assez peu aux foires dont cependant dame Aliette assurait l'organisation et la sécurité. Ainsi, malheur au tricheur qui aurait tenté de rogner une pièce de monnaie; démasqué, il était immédiatement mis en prison. Ils ne voulaient pas empêcher les habitants de s'amuser après la fin des transactions.

Foulques, alla comme à chaque fois, voir les animaux qui étaient proposés à la vente, en compagnie de son serviteur Laurent. Il acheta même un cheval. Puis il se rendit à la Moulinière où il fut accueillit avec plaisir. Robert qui avait eu la même idée arriva peu après.

Conformément à son habitude, Foulques raconta à ses amis, la suite de la rencontre avec Henriette.

Blanche soupira:

– Cette petite a un comportement amoral!

Robert ajouta:

– En plus, elle est vindicative...

Harold l'aîné conclut:

– On peut tout craindre de son dépit car elle est capable de tout. Elle va vite réaliser qu'elle ne peut rien contre vous, mon cher Foulques...

Robert intervint:

– Il faut prendre nos précautions car si une idée lui venait...

Foulques murmura:

– Oui, tu as raison, si...pour faire du mal...

Les deux hommes se regardèrent en silence: Ils s'étaient compris. Leur échange état passé inaperçu. Ni Blanche pourtant observatrice, ni le vieux seigneur, même Aliette n'avaient deviné le secret de son cœur.

La foire battait son plein, une foule de curieux avaient envahi les rues. Ce jour-là était férié. Les travaux des champs étaient oubliés pour quelques heures. Près des halles, les badauds regardent les pièces de drap proposées à la convoitise des femmes et les outils « modernes » pour les hommes. Une démonstration de rouet laisse les femmes un peu perplexes: Fallait-il abandonner le fuseau? On commençait à voir des produits venus de très loin, épices et soieries d'orient ou fourrures. On commerçait aussi les céréales produites dans les environs. Las amateurs de sensations fortes regardaient les bouchers qui officiaient sur place, l'odeur était pourtant peu attirante. Les nombreux animaux étaient parqués un peu à l'écart mais ils criaient comme s'ils connaissaient le sort qui leur était réservé.

Le dernier jour, les affaires terminées à la satisfaction de tous, l'heure était aux réjouissances. Dans les rues, se produisaient des jongleurs et des acrobates. Un ours savant dansait mollement au son du tambourin manié par une fillette aux vêtements bariolés. Un jongleur prenait un air avantageux entre chacun de ses tours. Un peu plus loin, sous une espèce de tente aux ornements voyants, une diseuse de bonne aventure attirait les foules. La file d'attente pour aller la consulter grossissait sans cesse.

Mais, soudain, Pepita qui était parmi les clients qui attendaient pour connaître leur avenir, laissa sa place et partit en courant rejoindre Alberto qui regardait les outils ultra-modernes vantés par les marchands ambulants. Elle lui murmura quelques mots à l'oreille, qui parurent le bouleverser: Elle avait reconnu la diseuse de bonne aventure...

C'était une vieille connaissance qu'ils avaient croisée du temps où ils étaient sur les chemins avec leur roulotte...La voyante leur avait laissé, semble-t-il de mauvais souvenirs. Il est vrai qu'elle les avait dépouillés de leurs très modestes économies.

Si Pepita avait raconté cet épisode malheureux de leur ancienne existence à l'un des habitants de la Moulinière, la suite de l'histoire aurait été peut-être différente, mais elle se tut car Alberto et elle estimaient que ce n'était pas glorieux.

Rodolphe, malgré ses bonnes résolutions, ne

put s'empêcher d'aller humer l'atmosphère de la foire. Joseph, s'il n'avait pas été aussi timoré, en aurait bien fait autant. Agnès, qui espérait y rencontrer René, y fit une brève apparition. Henriette, au contraire, avait décidé de participer activement aux réjouissances et aucune remontrance ne parvint à l'en empêcher.

Rodolphe ne fit qu'une brève promenade parmi les attractions, pourtant s'il avait été moins préoccupé, il aurait remarqué que la diseuse de bonne aventure était restée la bouche ouverte à sa vue. Elle ne s'occupa plus de la jeune fille au physique disgracieux qui lui demandait si elle allait trouver un époux. Elle grommela entre ses dents:

– Morbleu, c'est bien lui!

Puis croisant le regard étonné de sa cliente, elle s'empressa de la rassurer:

– Demoiselle, vous serez mariée avant la prochaine foire.

Par caprice, semble-t-il, Henriette avait décidé que pour l'occasion, elle voulait avoir la même toilette que sa cousine Agnès. Les deux jeunes filles déambulèrent donc vêtues de la même couleur azur. Agnès quitta sa cousine assez rapidement, gênée par les œillades qu'elle décochait sans se soucier du regard sombre de Baudouin qui les escortait. Il avait déjà failli en venir aux mains avec un jeune homme qu'elle avait très largement encouragé.

Enfin, Agnès put se rendre discrètement sur la motte féodale où René l'attendait. Ils s'assirent au pied de ce qui restait du donjon et regardèrent de loin l'animation qui régnait près de l'abreuvoir. Ils ne parlaient que très peu, heureux d'être ensembles. Ils n'avaient pas besoin de mots pour se comprendre. Le soleil était déjà haut dans le ciel lorsque la jeune fille déclara qu'il était temps pour elle de regagner Vauferment. Elle alla reprendre sa mule tandis qu'il prenait un cheval pour l'escorter.

Ils cheminèrent en silence ou presque jusqu'au chemin qui menait à Vauferment. Pour ne pas risquer de se faire remarquer, René s'arrêta et laissa sa compagne regagner seule la maison, escortée par Bonchien qui l'attendait comme à son habitude. Lorsqu'il ne la vit plus, il soupira et repartit un peu tristement vers Moulins.

A Vauferment, la maison était déserte, ou presque. Agnès entendit des gémissements en provenance de l'étage et plus précisément de la chambre de Joseph. Intriguée et n'écoutant que son bon cœur, la jeune fille monta l'escalier et ouvrit la porte de la petite pièce où il avait élu domicile. Elle vit le vieil homme allongé sur sa paillasse. Elle questionna:

– Vous êtes malade?

Joseph gémit:

– Ah ma bonne demoiselle! Je croyais bien

mourir là tout seul. J'ai mal au cœur! Ah pauvre de moi!

Agnès éprouvait une aversion instinctive pour le vieil homme mais elle s'efforça de lui porter secours. Elle lui fit avaler un verre d'eau qu'il absorba avec une discrète grimace et force remerciements. Mais quand elle fit mine de sortir de la pièce, il gémit:

– Oh je vous en prie! Ne me laissez pas. Ma bonne demoiselle! J'ai si mal !

Résignée, Agnès s'installa au chevet de Joseph. Le vieil homme parut d'abord s'assoupir avant de s'agiter. Il pleurnicha:

– Vous ne me laissez pas surtout!

Agnès, qui avait espéré pouvoir retourner à Moulins puisque maman Louis était absente, soupira avant de déclarer avec résignation:

– Je ne vous quitte pas.

– Ah, merci, Dieu vous bénisse! Ma bonne demoiselle!

Pendant ce temps, Henriette avait réussi à entraîner Baudouin dans les rues de Moulins en fête. Bien que ne goutant pas ce genre de plaisir, le jeune homme accepta de la suivre. Mais il devait le regretter rapidement. En effet, Henriette d'une gaité folle se faisait remarquer par les passants par son rire provocant et ses remarques désobligeantes émises à voix haute. Horriblement gêné, Baudouin, n'avait pas réussi à la calmer et la suivait d'un air morne.

Les rues de Moulins étaient très animées.
Tous les habitants étaient de sortie La ville était
envahie par une foule de colporteurs et de
camelots. Ils poussaient tant bien que mal une
« civière rouleresse » (ancêtre de la brouette) ou
courbaient l'échine sous le poids d'une hotte
bien remplie. Parfois, les plus aisés guidaient
des ânes lourdement bâtés qui occupaient toute
la largeur des rues, même la Grande Rue
semblait soudain trop étroite. On entendait des
cris et des boniments destinés à attirer
l'attention des éventuels acheteurs. La vendeuse
d' »oublies » offrait sur un plateau d'osier ses
gâteaux. Sur la place aux beurres, une laitière,
téméraire, se pavanait fièrement avec un pot
rempli de lait posé en équilibre sur sa tête sous
les encouragements et les cris des badauds.

A la porte des tavernes, le propriétaire des
lieux, aidé le plus souvent par des crieurs,
invitaient les passants à entrer pour déguster le
contenu d'une barrique qu'il venait de mettre en
perce. C'était l'abondance. Chacun découvrait
qu'il avait grand soif. Seule la diseuse de bonne
aventure ne faisait pas mine de s'arrêter, elle
avait abandonné les clients qui l'attendaient et
qui avaient vainement tenté de protester. Elle
explorait méthodiquement toutes les tavernes et
tous les lieux qui attiraient les curieux. Elle
grondait:

– Je n'ai pourtant pas rêvé, c'est lui!

Et soudain, derrière une barrique vide, elle vit un homme étendu qui ronflait consciencieusement sans que personne y prenne garde. Les mains sur les hanches, elle le considéra d'un air pensif:

– Joseph! Mon cher époux! Comme on se retrouve. Dans l'immédiat, tu ne peux pas apprécier nos retrouvailles mais tu ne perds rien pour attendre.

Et elle disparut dans la foule avant de réussir à retourner s'occuper des clients qui l'attendaient avec impatience. Elle n'eut pas beaucoup de temps pour penser à la double rencontre qu'elle avait faite de ses deux ennemis: Rodolphe qui s'était jadis bien moqué d'elle et Joseph son ex-époux qui l'avait abandonnée. Mais le soir, retirée sous la tente qui lui servait aussi de logis, la vieille femme retrouva intacte sa haine qui n'avait fait que grandir au fil du temps. Elle conclut à voix haute:

– Ce sont bien eux, ils sont sans doute ensembles...Si je pouvais savoir à quoi ils « travaillent... » et les contrarier!

Des artisans venus d'ailleurs, ce qui n'était pas toujours bien accepté, proposaient en criant à qui mieux mieux, des paniers ou des chandelles. Les boutiquiers du cru les accusaient souvent de « cabuseurs » qui volaient le client. Le seigneur de Saint-Agnan

avait ainsi, tout le monde s'en souvient, un jour
retrouvé en vente son meilleur cheval. Le vieux
seigneur Harold avait en son temps essayé de
moraliser les transactions mais dame Aliette se
montrait encore plus sévère. Les « trompettes »
étaient d'ailleurs chargées de parcourir la foire
pour rappeler à tous les sanctions encourues par
les fraudeurs, voleurs, recéleurs ou charlatans.
Les peines étaient sévères et visaient à
dissuader toute tentative malhonnête.

Henriette riait très fort en écoutant vanter
toutes sortes de remèdes-miracles. Un faux
pèlerin qui tentait de vendre quelques brins de
foin en provenance de la crèche de Bethléem,
fut impitoyablement mis en prison sans avoir le
temps de finir son boniment. En ce temps-là les
reliques, qui avaient appartenu à un saint,
étaient nombreuses mais leurs authenticités
souvent douteuses. Chaque lieu de culte
souhaitait en posséder une, ou mieux plusieurs,
qu'on sortait en procession dans un reliquaire.

Le seigneur de Mahéru, fort croyant, était
outré par autant d'astuce, si bien que sa femme
n'eut aucun mal à lui faire quitter la fête. Il faut
dire que comme il ne buvait que de l'eau, la
taverne ce n'était donc pas pour lui. Il avait tenu
parole et ne buvait plus que de l'eau.

Henriette riait et se moquait de tout et tous.
Elle ironisa à voix haute sur le couple formé par
dame Magdelaine et son époux, malgré les

remontrances de Baudouin, lequel n'était pas au bout de ses peines.

En effet, Henriette déclara qu'elle avait soif et entra d'un pas décidé dans la plus importante taverne de Moulins. Suffoqué par tant d'aplomb, Baudouin la suivit. Leur arrivée fit sensation. Les conversations des hommes s'interrompirent. Le silence était presque total.

En apparence, Henriette, très à l'aise avisa une table de libre au fond le la salle enfumée et s'y installa. Baudouin voulut la saisir par le bras et la faire sortir mais elle refusa en se dégageant avec brusquerie:

-Laisses-moi, si tu veux partir maintenant, ce sera sans moi, je veux boire, j'ai soif!.

Résigné, le jeune homme s'assit en face d'elle. Henriette se mit à rire:

– Tu en fais une tête! Un bon verre de piquette va te remettre!

Et comme si elle passait son temps dans les tavernes, elle commanda du vin à grands cris. La servante obéit avec empressement. Henriette vida son verre d'un seul trait. Baudouin gronda:

– Mais tu es complétement folle, tu vas être ivre!

Henriette haussa es épaules:

– Aujourd'hui c'est jour de fête. Écoutes la musique! J'ai envie de danser comme les filles de Bohème!

Et joignant le geste à la parole, elle monta sur

la table et se mit à tourner sur elle-même en relevant haut ses vêtements qui entravaient ses mouvements. Les consommateurs se levèrent et firent cercle autour de la table en poussant des cris d'encouragement. Certains commentaient les attraits de la danseuse. Baudouin serrait les poings et tentait de se dominer.

Attirés par le brouhaha, Foulques et René firent leur entrée dans la salle. René blêmit en s'écriant:

– Agnès!

Et, livide, il entraîna son ami vers la sortie.

Dehors, Foulques déclara:

– Mais non, ce n'est pas Agnès, je retourne voir!

René l'avait entraîné de force à l'extérieur. Il était maintenant livide, murmura d'une voix rauque:

– Si, c'est Agnès, j'ai reconnu la couleur de ses vêtements. C'est inutile!

Foulques se dégagea et déclara:

– Attends-moi ici, je reviens.

Lorsqu'il rentra dans la salle, la danseuse avait disparu. Il interrogea les consommateurs et les servantes et il apprit ainsi qu'un jeune homme accompagnait la « danseuse » et qu'ils avaient tous deux filé par l'arrière-cour en passant par les écuries..

Foulque sortit rapidement pour rejoindre René. Son ami faisait peine à voir. Il était resté sur place comme pétrifié. Il n'eut aucune réaction lorsque le chevalier déclara:

– Nous allons à Vauferment. Nous y serons avant eux. Viens!

Passivement, René obéit lorsque son ami le hissa sur son cheval..

Arrivé à proximité de Vauferment, le chevalier fit mettre pied à terre à René. Foulque sne savait pas ce qu'il fallait faire, mais il était décidé à avoir le fin mot de l'histoire. Hésitant, il regardait les abords de la maison. Rien ne bougeait. Soudain, un énorme chien déboula et vint se jeter dans les jambes des chevaux. Foulques s'exclama:

– Bonchien!

L'animal lui fit fête.

Foulques le caressa en déclarant:

– René, tu vas te cacher derrière ce buisson et quoiqu'il arrive, tu ne bouges pas avant que je te le dises.

Le jeune homme, comme foudroyé, haussa les épaules d'un air découragé et murmura:

– Que m'importe!

Foulques continua à cajoler le chien qui gémissait de contentement. Foulques et Bonchien étaient de grands amis, Bonchien l'avait conduit, tout comme Agnès, au fin fond de la forêt, où il vivait avec toute une meute que conduisait un vieux loup. L'animal leur avait semblé avoir un regard presque humain.

Le reste des bêtes n'avaient pas paru perturbées par leur présence. Robert, à qui ils avaient raconté cette expédition, n'avait pas eu l'air surpris. Mais, fidèle à la parole donnée, il 'avait pas fait de commentaires. Et pourtant...

Un jour, à proximité de Falandre, Robert avait découvert un louveteau manifestement tout jeune, trop pour se débrouiller seul. Il avait fait usage de son sifflet et un loup était venu sans approcher, puis était reparti. Plusieurs heures plus tard, le vieux loup gris était arrivé.

Il s'était approché jusqu'à toucher la main de Robert, puis avait attrapé le louveteau et l'avait déposé aux pieds du seigneur de Falandre. Le louveteau avait protesté mais le loup gris l'avait maintenu sur le sol. Puis, il le renvoya devant lui et sembla inviter Robert à le suivre. Il obéit et découvrit bientôt un « nid » de six louveteaux. Le vieux loup fit à plusieurs reprises l'aller-et-retour entre Robert et les louveteaux. L'homme finit par deviner l'intention de l'animal et murmura:

> – Je pense avoir compris ce que tu attends de moi mais je crois bien que si on m'entendait te parler...Cette fois, je serais bel et bien déclaré fou.

Le loup poussa un bref aboiement et disparut.

Et c'est ainsi que Robert éleva une portée de louveteaux et n'eut pas de plus fidèles gardiens. Seuls ses chiens en prirent un peu ombrage.

Foulques stoppa les élans de Bonchien et le tenant ferment par le cou, il ordonna:

– Bonchien, vas chercher Agnès.

L'animal ne bougea pas, le chevalier crut qu'il n'avait pas compris ce qu'on attendait de lui, puis il fila comme une flèche. René, incrédule, regardait maintenant la scène avec attention.

Quelques minutes plus tard, l'animal revint avec Agnès. A la vue du chevalier, la jeune fille eut l'air déçue même si elle le salua bien gentiment. Elle avoua naïvement:

– J'espérais que c'était René. Je n'ai pas pu le rejoindre, le vieux Joseph est malade et il n'a pas voulu me laisser partir.

Foulques remarqua:

-Vous avez pourtant mis une bien jolie toilette.

Agnès eut un bref mouvement d'épaules pour déclarer:

– C'est Henriette qui a choisi, elle a voulu qu'on ait la même mais je la trouve de couleur un peu trop vive, presque de mauvais goût, mais elle a insisté et j'ai obéi à son caprice.

Foulques ne releva pas les paroles d'Agnès et déclara simplement:

– Je suis venu en éclaireur, René ne va pas tarder. Vous pouvez l'attendre ici. Pendant ce temps, je vais aller voir le vieux Joseph, je suis sûr que je vais le remettre sur pied très rapidement.

9.Guérison miraculeuse

Foulques avait totalement raison, du moins au sens où il l'entendait; La simple vue du chevalier eut un effet foudroyant à l'astrologue-empoisonneur. Livide, il se redressa sur sa paillasse en bégayant:

– Arrière Satan! Le chevalier! Non!...Au secours! Je me noie! Au feu! A l'aide!

Foulques l'attrapa par le col de son vêtement. Le vieil astrologue se mit à gémir tel un porc qu'on égorge:

– Non!...Pitié!...Ne me tuez pas!...Au guet!

Foulques gronda:

– Tais-toi vermine ou je t'étrangle!

Joseph, qui avait ébauché un grand signe de croix, en resta muet. Foulques le fit asseoir sur le bord de la paillasse. Et il rugit:

– Maintenant, tu m'explique pour quelle raison tu as fais semblant d'être malade ? «vieille ordouse »!

Joseph larmoya:

– Mais seigneur, je suis malade, je suis vieux et faible!

– Si tu continues, tu ne deviendras pas beaucoup plus vieux, mais bien plus faible après la correction que tu vas recevoir. Donc, je t'écoute!

Joseph gémit en levant les yeux au ciel et tenta un signe de croix:

– Ah mon Dieu!

Le chevalier enserra de ses mains le cou de Joseph:

Ou tu parles ou tu es mort! Je te rappelles que je ne suis pas patient!

Le vieil astrologue soupira:

– Oh oui, je sais!

Et Joseph parla...Il parla même abondamment. Il raconta tout ce qu'il savait. S'il en avait su plus, il l'aurait dit bien volontiers. Il n'avait jamais brillé par sa témérité et partait du principe que, vaincu, il fallait mieux avouer tout ce qu'on lui demandait et même plus si c'était possible. Le courage n'avait jamais été sa principale vertu.

Foulques n'avait plus qu'à écouter. Et lorsque le débit de ses paroles faiblissait, une bonne bourrade le remettait rapidement sur la voie des confidences.

Lorsqu'il sortit, le chevalier était totalement édifié. Joseph se laissa tomber sur sa paillasse en claquant des dents. Maintenant, il avait la fièvre pour de bon.

Lorsqu'il s'approcha du lieu où il avait laissé René, le chevalier constata que le malentendu était dissipé. Les deux jeunes gens assis étaient assis l'un près de l'autre sur le tronc d'un arbre abattu, Bonchien était couché à leurs pieds; Foulques eut un soupir mélancolique. Seul le chien sentit son approche et leva la tête, mais sans daigner bouger.

Philosophe, Foulques reprit son cheval et se dirigea vers Moulins où au même instant devait débuter un tournoi qui visait à sélectionner le meilleur archer qui parviendrait à atteindre le « papegaut » accroché au sommet du clocher de l'église.

Soudain, le chevalier fut tiré de sa rêverie un peu mélancolique par le bruit d'une discussion animée. Habitué à réagir rapidement, Foulques poussa sa monture hors du chemin. Et il assista à une partie de la dispute qui opposait

Henriette à Baudouin.

Le jeune homme grondait:

– Tu t'es conduite comme une fille « deshoneste »!

– -Comment le sais tu? Tu y vas donc dans les lieux cachés. Tu es mal placé pour me faire la morale. Je me suis bien amusée. C 'était jour de fête! Tu es toujours en train de me contrarier!

Foulques laissa son cheval attaché à une branche basse et se mit à suivre le couple avec le plus de discrétion possible. Mais, tout occupés à se chamailler, ni Baudouin ni Henriette ne s'aperçut qu'ils étaient suivis.

A proximité de la maison, Foulques s'arrêta et observa ce qui se passait dans la grande salle. Par la fenêtre lui parvenaient des éclats de voix:

– Vieil imbécile, je t'avais dit d'empêcher Agnès de sortir, si elle est partie à Moulins, gare à toi!

Baudouin intervint:

– Que signifie cela Henriette?

Se rendant compte qu'elle avait trop parlé la jeune fille haussa les épaules:

– Cela ne te regardes pas.

Baudouin ne s'arrêta pas à cette rebuffade et prit Henriette par le bras. Elle protesta:

– Lâches-moi immédiatement.

Baudouin répondit avec fermeté:

– Non pas avant de t'avoir entendue.

Et malgré ses tentatives pour se libérer, il

l'entraîna vers son logis. Lassé de la conduite de la jeune fille, il était bien décidé à en comprendre la raison profonde.

Pendant ce temps, le vieux Joseph se servait un verre de vin en grognant:

– Oh la la, cela va mal si le Baudouin se met à jouer au maître, pauvre de moi! J'en ai assez de tous ces questionneurs!

Et pour se remettre de ses émotions, il vida d'un trait le contenu du verre qu'il venait de remplir à ras-bord. Puis, il se resservit un autre verre.

Plus tard en fin d'après-midi, alors qu'il s'était enfermé dans sa chambre, Joseph vit entrer Baudouin, la porte ne l'avait pas arrêté, elle pendait lamentablement à demi arrachée.

Joseph gémit:

– Oh non laissez-moi! Je ne suis qu'un pauvre vieil homme malade!

Baudouin rugit:

– Attends tu vas voir je vais bientôt te remettre sur pied.

– Non, laissez-moi!

– Tais-toi vieux gredin ou je t'étrangle!

Joseph gémit:

– Oh non! Vous n'allez pas vous-y-mettre aussi? J'en ai assez! Pauvre de moi! Au guet!

– Ce qui signifie?

Joseph tenta de ne plus ouvrir la bouche mais Baudouin, très énervé, ne l'entendait pas de cette oreille et il arriva ce qui devait arriver. Joseph parla, parla...

Baudouin apprit ainsi beaucoup de choses concernant Henriette, mais aussi Rodolphe et enfin, il comprit quels liens existaient entre eux et les habitants de la Moulinière. Il commençait à démêler tout ce qui lui avait paru étrange. Ainsi, Rodolphe était le père des deux cousines...Henriette, ayant découvert l'amour naissant entre René et sa cousine, avait voulu se faire passer pour Agnès et la discréditer définitivement aux yeux du jeune homme.

Ce jour-là, Joseph avait donc été « soigné » par deux fois de façon énergique et il trouvait que c'était beaucoup trop pour une maladie imaginaire.

Maintenant il craignait la confrontation avec Rodolphe. Ces derniers temps, le vieux seigneur disparaissait souvent plusieurs jours sans explication. Joseph avait tenté de savoir où il allait, mais Rodolphe s'était rendu compte de la filature dont il était l'objet et lui avait donné une bonne correction qui l'avait dissuadé de recommencer.

Pourtant, Rodolphe ne faisait rien de particulier. Il marchait seul à travers la forêt, puis,fatigué, s'asseyait. Il en oubliait parfois de manger. Il se sentait comme malade, sans l'être. Il était pour le moins perturbé. Même les petites entreprises de Joseph ne l'intéressaient pas. Le vieil astrologue-empoisonneur avait pourtant recruté quelques élèves prometteurs qui avaient mis à profit la fête de Moulins pour s'occuper des bourses que les bourgeois portaient à leur ceinture. Ils avaient profité aussi du fait que tous les habitants étaient sortis pour crocheter quelques serrures et forcer le tronc de l'église.

Ce jour-là, Rodolphe errait comme à son habitude dans la forêt lorsqu'il entendit le bruit caractéristique d'une crécelle. Machinalement, il se dit: « Un lépreux, sans doute ». Mais il ne fit même pas mine de se sauver comme tout le monde l'aurait fait à sa place, curieusement tout lui devenait indifférent, ou presque car une seule personne l'intéressait, Agnès. Sa propre vie lui importait peu désormais. Il avait passé sa vie à vouloir la fortune, la puissance et maintenant il se disait qu'il devenait sénile.

Le lépreux passa près de lui en détournant le tête mais Rodolphe ne broncha pas. Alors, étonné car habituellement on le fuyait, le malheureux questionna:

– Bonjour messire, je ne vous fais donc pas peur?

Rodolphe secoua la tête:

– Pas spécialement, je sais que la maladie ne se propage pas aussi facilement que cela. J'ai vu jadis les chevaliers qui revenaient de croisade.

– Vous êtes brave!

Rodolphe haussa les épaules:

– Non pas du tout mais je n'ai pas grand chose à perdre.

Le lépreux eut un rire grinçant:

– Moi non plus messire, plus de visage, plus de mains, plus de famille, plus d'amis. Personne ne compte donc pour vous?

Rodolphe s'entendit répondre avec surprise:

– Si ma fille mais elle ignore jusqu'à mon existence.

Le lépreux murmura:

– Au moins vous avez quelqu'un que vous pouvez aimer et à qui vous pouvez être utile.

Et il ajouta d'un ton mélancolique:

– Moi je n'ai qu'un vieux loup que j'ai recueilli et soigné alors qu'il avait été pris dans un piège.

Rodolphe qui avait gardé un mauvais souvenir du loup de l'ermite, changea rapidement le cours de la conversation.

Les deux hommes s'étaient assis sur un tronc d'arbre couché au bord du chemin et avaient passé une partie de l'après-midi à bavarder.

Lorsque le jour commença à tomber, Rodolphe déclara:

– Je dois rentrer à présent, bon courage l'ami.

Le lépreux répondit:

– Merci messire, grâce à vous j'ai pu parler à un humain. Il y avait longtemps que cela ne m'était pas arrivé.

Rodolphe prit donc congé en déclarant:

– Je me promène souvent dans la forêt, peut-
être nous reverrons-nous.

– Alors à vous revoir messire.

Rodolphe regagna Vauferment à pas lents et
particulièrement songeur.

10.Heureux événements

La nouvelle tomba sur les habitants de Vauferment comme un coup de tonnerre. C'est maman Louis qui découvrit la vérité. Elle se précipita dans la grande salle où se tenaient Rodolphe et Joseph, en déclarant:
– Henriette attend un enfant.
Joseph ricana et commenta:
– Elle ne l'a pas fait toute seule.
Rodolphe se leva et empoigna le vieil astrologue par ses vêtements:

– Maître Joseph, personne ne vous demande rien, sortez!

Il obéit aussi vite qu'il pouvait. On venait de lui rappeler avec brutalité qu'il ne faisait pas partie de la famille.

Resté en tête-à-tête avec maman Louis, Rodolphe questionna avec un certain détachement:

– Baudouin?

Maman Louis haussa les épaules:

– Évidemment! Vous avez toléré qu'il nous suive et voilà le résultat! Ce n'est certainement pas le seigneur René, il ne l'a même pas remarquée.

Rodolphe grommela:

– J'avais pensé me servir de sa jalousie contre René mais comme cette sotte d'Henriette n'a pas su y faire...

Maman Louis remarqua:

– René aime peut-être ailleurs?

Rodolphe haussa les épaules:

– Cela n'empêche pas...Elle aurait pu lui faire endosser la paternité de l'enfant qu'elle attend; au lieu de cela, on va se retrouver avec un bébé. Maintenant Baudouin n'a qu'à l'épouser.

Maman Louis protesta:

– Mais vous disiez qu'elle pouvait espérer mieux!

Rodolphe ricana:

– Plus maintenant.

Maman Louis ironisa:

– Manifestement cela vous réjouit d'être grand-père!

Rodolphe répliqua:

– Tu sembles oublier que par la même occasion tu deviens grand-mère car Henriette est ta fille, ne le nies pas, c'est inutile, je le sais!

Maman Louis répliqua avec âpreté:

– Oui c'est ma fille, j'ai fait l'échange quand elles étaient toutes petites. Ma fille devenait légitime!

– Et celle de ta nièce, que tu as toujours détestée, une bâtarde.

Rodolphe se leva et s'approcha avec un air féroce de maman Louis qui tenta de mettre le plus de distance possible entre Rodolphe et elle-même. Mais bientôt elle sentit le mur derrière elle. Effrayée par ce qu'elle lisait sur le visage de Rodolphe, elle balbutia:

– Non...! Pardon, seigneur Rodolphe.

A cet instant, Agnès fit son entrée dans la grande salle. Elle ne sembla pas réaliser l'intensité dramatique de la scène qu'elle interrompait. Et sans même faire attention à eux, elle posa le panier qu'elle rapportait du potager. Paisiblement, elle en vida le contenu sur la table: les légumes qu'elle venait de cueillir.

Maman Louis en profita pour s'éclipser rapidement avec l'impression d'avoir frôlé la mort de près.

Encore sous l'empire de la colère, le vieil homme s'assit dans le fond de la salle et regarda sa fille trier et éplucher les légumes. Rodolphe la considéra attentivement: C'est vrai qu'elle était tout le portrait de sa mère, il était quand même sot de ne pas s'en être aperçu plus tôt.

Enfin calmé, Rodolphe remarqua:

– Ce n'est pas un travail pour une demoiselle, Julie pourrait faire cela.

Agnès releva la tête et considéra le vieil homme avec étonnement:

– Je ne suis pas une demoiselle, il est normal que j'aide aux soins du ménage et Julie est vieille, elle a du mal à éplucher les légumes et puis sa vue baisse, alors on risquerait de manger des épluchures.

Rodolphe déclara:

– Il va falloir trouver une nouvelle servante, en plus de celle qui vient seconder Julie de temps-en-temps.

Agnès, alarmée, protesta:

– Oh non, vous n'allez pas renvoyer Julie! Que deviendrait-elle avec Mathurin?

Incapable de résister à la prière qu'il lisait dans les yeux de sa fille, Rodolphe protesta:

– Mais non fillette, je pensais à une jeune servante pour l'aider.

Et avec curiosité, il questionna:

– Tu l'aimes donc bien Julie?

Agnès sourit:

– Oh oui et elle m'aime bien aussi.

– Et Mathurin?

Agnès soupira mais répondit sans détour:

– Il me fait peur parfois, il a une façon de nous regarder, surtout de regarder Henriette...

Rodolphe compléta:

– Et Henriette s'amuse à ses dépends.

Agnès hocha la tête en silence: C'était exactement cela.

Rodolphe avait pour habitude de s'occuper des problèmes à résoudre par ordre de priorité. Et

dans l'immédiat, il songeait surtout à l'enfant qu'attendait Henriette comme d'un embarras inutile.

Il décida donc pour s'en débarrasser que c'était à Baudouin de s'en occuper.

Le jeune homme ne se montra guère d'enthousiasme lorsqu'il comprit qu'il devait épouser Henriette, mais il donna son accord. Seul inconvénient, c'est que Henriette ne voulait pas en entendre parler. Entre deux nausées, elle déclara de façon catégorique:

– Non, je ne veux pas l'épouser, quand bien même qu'il serait le dernier homme sur la terre! Je veux un mari noble et riche!

Maman Louis haussa les épaules avec découragement:

– Parce que tu crois qu'un tel homme

accepteras de t'épouser avec l'enfant que tu portes?

Henriette déclara:

– Il y a sûrement un moyen pour me débarrasser...

Rodolphe intervint:

– -Il n'en est pas question, quand il sera né, on avisera si nécessaire, mais la meilleur solution ce serait d'épouser Baudouin.

Henriette prit un air buté:

– Je ne veux pas!

Le vieil homme déclara glacial:

– On ne te demande pas ton avis, tu t'es amusée avec Baudouin maintenant ou tu l'épouses, ou tu refuses, mais l'enfant naîtra dans les deux cas. Mais je ne pense pas qu'un meilleur parti puisse s'offrir à toi.

Henriette gémit:

– Maman Louis, je ne veux pas...Tu avais promis que je ferai un beau mariage...

Sarcastique, Baudouin qui était resté jusqu'à présent silencieux, déclara:

– Je suis ravi de constater ton enthousiasme à l'idée de notre mariage, saches que c'est réciproque. J'ai appris à te connaître, tu ne seras pas une bonne épouse et encore moins une bonne mère. Je n'ai plus aucune illusion sur ton compte.

Maman Louis intervint:

– Je pourrais me charger de l'enfant.

Baudouin répliqua sèchement:

– Il n'en est pas question, j'aimerais mieux l'abandonner sous le porche d'une église ou sur une meule de paille; quand on voit les résultats de votre éducation..!

Il eut un haussement d'épaules méprisant pour conclure:

– ...Tout sauf cela!

A ce moment-là, Agnès qu'on avait éloignée sous un prétexte futile, fit son entrée dans la cour et le silence se fit. Bonchien qui l'accompagnait fit demi-tour manifestement à regret.

Rodolphe remarqua:

– Ce chien est décidément très attaché à toi. Je suis certain qu'il serait partisan d'une petite promenade. Le visage de la jeune fille s'éclaira, elle questionna:

– Je peux maman Louis?

La vieille femme haussa les épaules. La jeune fille remercia et partit rejoindre Bonchien. Elle décida donc de se rendre à la Moulinière. Elle se dépêcha d'arnacher sa mule, de crainte que maman Louis ne change d'avis.

Dès qu'elle eut disparu, la conversation reprit. Joseph qui avait furtivement regagné sa place au fond de la grande salle, essayait de se faire oublier de tous. Il n'était pas tranquille depuis que Henriette lui avait demandé certaine médecine souveraine contre les naissances indésirables.

Il avait dit ne pas en avoir mais Henriette n'avait pas semblé convaincue et avait parlé d'aller consulter la diseuse de bonne aventure qui venait de s'installer à Moulins. Alors, comme il savait qu'elle reviendrait à la charge et qu'il finirait par céder, il fouilla dans sa boîte à remèdes...

Ce jour-là, Agnès put donc se rendre d'imprévu à la Moulinière. Mais malheureusement René était sorti. Sur son visage, Blanche et Aliette lurent un vif désappointement. Elles s'installèrent dans la cour pour surveiller les ébats des enfants. Dame Aliette avait décidé que tous les enfants de la petite ville étaient les bienvenus pour jouer. En effet, les rues étroites et encombrées étaient leur seul terrain de jeux et elle redoutait les accidents. Dans la cour de la Moulinière, ils pouvaient tranquillement jouer à la balle ou faire tourner leurs toupies. Ils pouvaient lancer leurs osselets ou organiser une partie de Saint-Merry (marelle). Cependant, dame Aliette interdisait absolument les parties de soule. Harold le jeune lui-même n'avait plus eu le droit d'y participer depuis son mariage avec la douce Aliette. En effet, ce qui aurait pu être un simple jeu de balle, devenait souvent une bataille rangée, un prétexte pour vider de vieilles querelles. Dame Aliette en avait donc fini par en interdire l'organisation sur l'ensemble du territoire du pays de la Marche et elle avait été obéie.

Ce n'est qu'en fin d'après-midi que René revint de se promener avec Foulques. Lorsqu'il vit Agnès, son visage s'éclaira:

– Toi ici, ma douce amie!

Agnès rougit tandis que René expliquait sans embarras:

– Je n'ai jamais caché aux miens nos rencontres et nos projets.

Et prenant Agnès par la main, il la conduisit vers sa mère et déclara:

– Voilà la femme que j'ai choisie et la fille que je vous donne.

Blanche sourit avec sa bonne grâce habituelle et ouvrit ses bras:

– Viens ma fille;

Ce fut un moment d'émotion intense que troubla Harold l'aîné. Il vint rejoindre sa femme en grommelant:

– Ma mie, il conviendrait de songer à passer à table, je suis seul dans la grande salle, personne ne vient!

Blanche se mit à rire:

– Personne n'y songe mon ami! René vient de nous annoncer qu'il souhaite épouser Agnès!

Le vieil homme hocha la tête et répondit sobrement:

– Je le comprends, mais moi j'ai faim!

Et c'est ainsi que tous acceptèrent avec la plus grande simplicité le mariage de René et Agnès.

Le repas fut animé. Blanche parlait de détails pratiques, mais les amoureux ne l'écoutaient pas. La jeune fille n'avait pas attendu qu'avant de partir maman Louis lui précise une heure de retour. Et elle profitait de la présence de René dont elle avait maintenant bon espoir de partager la vie.

Lorsqu'on demanda à Agnès si sa mère était au courant de ses projets avec René, elle murmura:

– Je ne sais pas mais le seigneur Rodolphe a dit un jour, que c'était moi seule qui devait décider de mon avenir et elle n'a pas protesté. Elle lui obéit toujours même si elle pense autrement.

Aliette et Blanche se regardèrent un peu perplexes mais ne dirent rien. Seul Robert parut surpris mais se tut. Il se demandait comment Rodolphe pouvait laisser l'une de ses filles décider seule de sa vie. Il aurait pensé qu'il aurait trouvé un moyen de les utiliser dans son intérêt.

Tandis que Foulques et René raccompagnaient Agnès vers Vauferment, les commentaires des habitants de la Moulinières allèrent bon train.

Harold l'aîné remarqua de nouveau d'un air

pensif:

– Je le comprends, elle est délicieuse, cette petite.

Et il ajouta, en portant la main de Blanche à ses lèvres:

– Presque autant que vous ma mie, ce qui n'est pas peu dire.

Blanche rougit et soupira:

– Mais c'est quand même la fille de Rodolphe...

Quand Agnès regagna Vauferment et annonça sans détour son futur mariage avec René, maman Louis ne dit rien. Henriette eut un regard terrible que Rodolphe intercepta, mais que l'heureuse fiancée ne remarqua même pas. Le vieux seigneur commenta avec sobriété:

– Il y aura donc deux mariages.

Et il songea in part lui: A condition que je veille au grain. Avec surprise, il découvrait que ce qui lui importait par-dessus tout c'était le bonheur de sa fille.

11.préparatifs

Agnès était sur un petit nuage. Comme elle ignorait beaucoup de choses, elle n'avait même pas pensé que la famille de son bien-aimé pouvait avoir des réticences à son égard. En ce temps-là, la bâtardise n'était pas cachée comme elle l'a été par la suite. Le seul problème était qu'elle était la fille de Rodolphe.

Ce dernier eut un soupir soulagement en entendant Agnès annoncer son futur mariage. Il avait surveillé de loin l'idylle naissante et s'imaginait déjà être obligé, la rage au cœur, d'intercéder pour elle auprès de dame Aliette. Et il savait bien que si cela avait été nécessaire, pour le bonheur de sa fille il l'aurait fait.

Ce jour-là, comme presque tous les jours, Agnès était partie à la Moulinière, Henriette en profita pour faire une scène à maman Louis en présence de Rodolphe et de Joseph. Ce dernier se faisait, comme à son habitude, tout petit dans son coin pour se faire oublier. Observateur attentif, le vieil astrologue voyait clairement la situation: Agnès se mariait selon son cœur, Rodolphe se découvrait la fibre paternelle à son égard car il revoyait en elle son épouse défunte. Il méprisait maman Louis et Henriette. Il considérait Baudouin comme un faible. Et lui, Joseph s'était découvert une passion dévorante pour Henriette. Pour un sourire de la jeune fille, il aurait fait n'importe quoi. L'intéressée le savait et s'amusait à affoler son vieil admirateur. Le démon de midi avait certes un peu de retard mais il était bien là.

Le seigneur Harold faisait lui aussi ses préparatifs pour le jeune couple. Il se porta acquéreur du fief de la Guimonière qui se trouvait à vendre à La Fermière. Informé, René tenta en vain de protester. Le vieux seigneur déclara sobrement:

– Tu me dois obéissance, tu dois accepter sans murmurer. D'ailleurs la Guimonière appartenait au père du premier seigneur de

Moulins, ce n'est que justice que ce fief revienne dans notre famille.

Et les deux hommes finirent par tomber dans les bras l'un de l'autre.

Obéissant sans aucun enthousiasme à maman Louis, Henriette préparait l'arrivée de son futur enfant, tout en se demandant comment elle allait bien pouvoir empêcher le mariage de sa cousine avec René. A l'insu de tous, elle était retournée consulter la voyante qui lui avait donné d'excellents conseils. Baudouin ne disait rien mais était inquiet, il n'aimait pas le regard de sa futur et son air égaré. Il craignait pour sa raison. Rodolphe pensait que c'était surtout la rage qui l'agitait de se retrouver mariée à Baudouin après l'échec de ses rêves de grandeur. Et son amour pour Foulques, Joseph lui avait fidèlement raconté la scène qu'il avait surprise, ne faisait que compliquer la situation.

Présentement, Joseph restait aussi discret que silencieux. Un jour, seule avec lui, Henriette l'interpela:

– Je suis malheureuse messire Joseph, si vous avez un peu d'amitié pour moi, il faut m'aider. Je ne veux pas de cet enfant, je suis certaine qu'il y a un moyen... Je ne veux pas épouser Baudouin, je voudrais qu'il soit mort! Je ne veux pas que René se marie avec Agnès. C'est moi qu'il doit épouser, on me l'a promis!

On ne pouvait être plus précis.

Joseph chuchota, effrayé:

– Chut, taisez-vous demoiselle Henriette, si
le seigneur Rodolphe vous entendait...

Henriette répondit avec une violence
contenue:

– Cela m'est égal, si vous ne m'aidez pas...Je
vais me tuer!

Joseph joignit les mains:

– Doux Jésus! Il ne faut pas avoir des idées
pareilles, ce serait pécher!Par tous les saints du
Paradis!

Henriette haussa les épaules:

– Cela m'est égal! Si vous ne m'aidez pas...

Joseph lui coupa la parole:

– Chut ma chère petite demoiselle!

Consciente de l'effet qu'elle produisait au
vieil astrologue, Henriette n'eut pas beaucoup
de mal à obtenir son accord pour l'aider.

Cependant, quand elle précisa ce qu'elle
attendait de lui, il eut un recul effrayé:

– Vous n'y pensez pas. Doux Jésus! Je ne
peux pas...! Si on apprenait...?

Henriette se retint de hausser les épaules et
continua de le câliner. Enfin, il céda. Et
Henriette put alors développer « son plan » sans
qu'il manifeste le moindre signe de rébellion.

Maman Louis, à son retour, trouva Henriette
installée dans la grande salle en train de filer
sagement. Joseph avait disparu dans sa
chambre. La femme considéra sa fille avec

attention: Elle lui parut apaisée. Elle crut naïvement que l'heure de la révolte était passée et qu'elle se résignait à épouser Baudouin, après tout cet honnête travailleur était capable de la faire vivre dans l'aisance, ce n'était pas à dédaigner dans sa situation.

Le promis parut beaucoup moins convaincu par la douceur tranquille affichée par sa future femme. Il grommela à son adresse:

– Qu'es-tu en train de mijoter?

Henriette leva vers lui un regard innocent, mais ne dit rien tandis qu'il continuait:

– Tes airs angéliques ne me trompent plus depuis longtemps. Qu'es-tu en train de combiner?

Henriette eut l'air étonnée et leva de grands yeux innocents:

– De quoi parles-tu mon ami?

Baudouin répondit d'une voix pleine de colère:

– Je ne suis pas ton ami. Je vais assumer mes responsabilités et t'épouser mais je n'ai plus aucune illusion sur toi. Je connais la noirceur de ton âme, en supposant que tu en aies une, ce dont je doute. Tu as fait ce qu'il fallait pour m'affoler et j'ai succombé, donc je paie mais je ne le fais pas de gaité de cœur.

Henriette eut un regard mauvais qu'elle dissimula rapidement mais ne répliqua pas.

Maman Louis voulut prendre la défense de sa

fille mais Baudouin la fit taire:

– Je ne vous ai pas donné la parole. D'ailleurs dès que nous serons mariés nous partirons d'ici au plus vite.

Henriette s'enquit d'une vois aigre:

– Et pour aller où? Merci de m'en aviser.

Baudouin répliqua sèchement:

– Quand nous serons mariés, tu m'obéiras. Nous irons à Paris où je reprendrais mon ancien métier, en espérant pouvoir retrouver une place.

Henriette eut une moue méprisante tandis que perdant patience, Baudouin répliquait:

– C'est peut-être pas assez brillant pour toi, mais je gagnerai ma vie honnêtement.

La rage au cœur, elle se tut et Baudouin quitta la pièce.

Rodolphe n'avait rien dit mais n'avait pas perdu de vue le visage de sa fille pendant cet échange. Il déclara:

– Si tu restes avec Baudouin, vous aurez Vauferment, la maison et la terre pour vous seuls. Vous pourrez louer la ferme et les terres, cela vous fera des revenus.

Maman Louis ouvrit des yeux ronds et ne put s'empêcher de s'exclamer:

– Mais Agnès?

Rodolphe répondit d'un ton sec:

– Elle n'aura rien.

Les deux femmes le regardèrent avec des yeux ronds tandis que Joseph en restait bouche bée. La vieille femme osa questionner:

– Mais pourquoi?

Rodolphe répondit d'un ton sans réplique:

– Parce que je l'ai décidé.

Le vieux seigneur était persuadé que l'origine malhonnête de ce qu'il possédait, convenait à Henriette mais pas à Agnès. Il était convaincu que René n'accepterait pas une dot provenant de ses brigandages.

Joseph se gratta la tête d'un air perplexe; Le seigneur Rodolphe ne lui semblait pas avoir toute sa raison mais puisque c'était Henriette, son idole,qui en bénéficiait...

Après avoir manipulé la jeune Henriette, Joseph était devenu à son tour un pantin dont elle tirait les ficelles: Ainsi, en dehors de ses « projets familiaux », elle avait maintenant des goûts de luxe et voulait de l'argent, toujours plus d'argent. Joseph « travaillait» donc d'arrache-pied. Les jours de marché, à la tête d'une bande de vauriens, il vidait les escarcelles des badauds. Aliette avait fait renforcer la sécurité et quelques débutants malchanceux se firent prendre et furent conduits immédiatement en prison. Aliette commentait les arrestations en disant qu'il fallait utiliser la nouvelle prison.

Pour obéir à Henriette, Joseph se rendit donc dans ce qui avait été le laboratoire de l'ermite. Rodolphe l'avait en effet, emmener visiter les lieux. Mais le vieil astrologue avait dû avouer

qu'il ignorait à quoi pouvait servir toutes ces
curieuses installations, mais il avait repéré
quelques substances mystérieuses inconnues de
lui mais aussi quelques autres dont l'usage lui
était familier...Faute d'endroit sûr où les stocker,
Joseph les avait laissées sur place, ne se
souciant pas de garnir sa boîte de poudres avec
de tels éléments dont la possession pouvait le
conduire tout droit jusqu'au bucher. En ce
temps-là, on n'était pas tendres avec ceux qui
pratiquaient la magie noire ou la sorcellerie. Il
avait entendu dire qu'on avait brûlé une sorcière
pas plus tard que le mois d'avant dans la bonne
ville de Courtomer et il n'avait nulle envie d'être
la prochaine victime de l'ignorance de ses
concitoyens.

Un jour, il se décida donc à se risquer dans la
forêt jusqu'au laboratoire. Il y serait bien allé de
nuit pour plus de discrétion mais il n'était pas
assez téméraire pour cela. Peu courageux de
nature, il tressaillait au moindre bruit tout en
cheminant rapidement. Inquiet, il se retournait
souvent. Pourtant, il ne remarqua pas les yeux
brillants d'un vieux loup qui suivait de loin sa
progression. Enfin, rassuré, hors de vue de
Vauferment, il reprit une allure un peu plus
modérée. Essoufflé, il grommela:

-Ce n'est plus de mon âge de courir ainsi.

Il s'arrêta quelques minutes et se laissa
finalement tomber au pied d'un arbre avec un

soupir de soulagement. Et le loup fit demi-tour.

Lorsqu'il se fut un peu reposé, Joseph se releva et poursuivit tranquillement son chemin en direction du laboratoire.

Évidemment, s'il s'était aperçu qu'il était suivi, il aurait été beaucoup moins tranquille. Car en plus du loup, un inconnu l'espionnait. Mais l'homme qui l'observait n'était pas novice dans l'art de la filature. Si Joseph s'était rendu compte de la surveillance dont il était l'objet, il aurait immédiatement identifié la silhouette caractéristique de Rodolphe. Ce dernier n'avait pas détecté la présence de son vieil ennemi le loup, mais il se sentait mal à l'aise sans en comprendre la raison. Il faut dire que le fauve ne le quittait pas des yeux.

Ce fut donc d'un pas léger que Joseph pénétra dans le laboratoire. Il n'y resta que peu de temps. Il y prit juste quelques sachets de poudres et de plantes broyées avant de repartir, son butin serré sur son cœur. L'espion ne perdait pas un de ses gestes. Maintenant édifié, il laissa Joseph regagner tranquillement Vauferment. Le loup, décidément hardi, quitta l'espionné et l'espion tout près de la maison.

Sur le chemin du retour, Rodolphe réfléchissait et ses conclusions ne paraissaient pas le rassurer particulièrement à en juger le pli soucieux qui barrait son front. Il avait bien compris ce que Joseph, l'astrologue, et surtout empoisonneur, avait été chercher mais la question était de savoir contre qui, il allait en faire usage. Et Rodolphe avait peur, et pour la première fois de sa vie, pas pour lui-même mais pour Agnès.

12.Une vieille connaissance

Après les festivités organisées pour clôturer la foire de Moulins, dame Catherine s'était établie dans la petite ville. Cette installation s'était faite en toute discrétion. Elle avait faussé compagnie aux compagnons de voyages qu'elle avait jadis choisis. Ces derniers, discrets par nature, ne lui avaient rien demandé. Parfois l'un d'entre eux disparaissait sans crier gare, rattrapé par son passé ou bien souffrant soudain du mal du pays. Chacun était libre de partir quand l'envie lui en prenait.

Ce matin-là, la petite troupe de saltimbanques reprit donc la route sans dame Catherine. Elle trouva à se loger dans une petite maison à l'orée de la forêt, non loin de la Mellerie. On se souvient que de grands travaux de défrichement avaient été entrepris et une cabane qui avait abrité un bûcheron était restée inoccupée. Elle ne demanda rien à personne et s'y installa.

Pour survivre, dame Catherine se créa une clientèle de femmes que le train-train quotidien ennuyait. Elle leur apportait une part de rêve contre un peu d'argent. Elle avait soin de ne rien réclamer et de déclarer qu'elle acceptait avec reconnaissance ce qu'on lui donnait. Souvent, lorsqu'elle faisait ses comptes, elle grommelait à voix basse: La récolte était maigre. Ce qui prouvait qu'on peut à la fois être superstitieux et radin. Mais ses pratiques se montraient plus généreuses quand il s'agissait de dons en nature. Elle avait ainsi largement de quoi se nourrir et faisait bénéficier sa jeune servante des largesses de sa clientèle.

Catherine avait l'art et la manière de faire parler ses pratiques et sa prodigieuse mémoire lui était bien utile. En peu de temps, elle avait appris bon nombre de choses sur tous les habitants du pays de la Marche. Elle y était arrivée par hasard mais après avoir vu Rodolphe tous ses souvenirs étaient remontés à la surface comme s'ils dataient de la veille. Elle avait tout revu: son entrevue avec Rodolphe qui s'était bien moqué d'elle, son séjour en prison, Joseph son ex-mari qu'elle avait surpris alors qu'il cuvait son vin, et surtout la haine qui revenait en force. Elle voyait dans sa venue à Moulins, un signe du destin et elle se disait qu'elle allait enfin pouvoir se venger, on ne bafouait pas impunément une femme de sa trempe. Elle se renseigna donc sur les habitants de la Moulinière et ceux de Vauferment. Quand Henriette vint la consulter, dame Catherine jubila intérieurement: Elle tenait sa vengeance. Ainsi, elle identifia sans mal René dont elle avait cru jadis pouvoir monnayer la liberté. Elle entendit aussi parler du chevalier de la Barre et de ses amis, discrets mais efficaces qui retrouvaient tous les coupables que laissait échapper le guet. Elle avait aperçu Foulques de loin, mais n'avait eu aucun mal à l'identifier. Elle se souvenait de la peur que Joseph éprouvait à son égard.

A force de glaner des informations à droite et à gauche, dame Catherine était parvenue à se faire une idée assez exacte de la situation. Maintenant il s'agissait pour elle de savoir comment en tirer profit et plus encore comment gêner Rodolphe qui s'était gaussé d'elle et les habitants de la Moulinière car elle jugeait qu'ils étaient responsables du fait qu'elle avait passé

les plus belles années de sa vie en prison, pour
une peccadille.

Un jour, la chance lui sourit enfin. Malgré sa
discrétion, était venu le temps de la renommée
et Henriette était revenue la consulter. Fidèle à
son habitude, dame Catherine avait d'abord
laissé parler la nouvelle venue. Au début, le
nom de Vauferment n'évoqua rien, mais quand
la jeune fille parla de Joseph puis du seigneur
auquel maman Louis obéissait, dame Catherine
faillit laisser éclater sa joie: tous les éléments se
mettaient en place comme par miracle: elle
avait retrouvé Rodolphe et Joseph. Et c'était la
fille de Rodolphe qui venait lui demander de
lire son avenir...! On allait la servir...! Pour ce
qui était de son avenir, la voyante n'avait pas
besoin des ressources de son art pour constater
que Henriette attendait un enfant et qu'elle n'en
paraissait pas satisfaite.

Mais dans l'immédiat, dame Catherine resta
dans le vague. On se souvient qu'elle estimait
avoir besoin de boire du vin pour réfléchir, alors
elle renvoya Henriette avec de vagues paroles et
en lui disant qu'elle ne voyait rein pour le
moment et qu'il fallait qu'elle revienne dans
quelques jours.

Dame Catherine abandonna donc son fonds
de commerce pour aller s'attabler dans son petit
logis devant un verre de piquette. Toute la
réserve y passa mais après le résultat le plus

visible fut que ses jambes ne la portaient plus.
Elle dut donc attendre le lendemain pour mettre
à exécution son projet qui était de se rendre
jusqu'à Vauferment.

Ce matin-là, fraîche et dispose, dame
Catherine marchait d'un bon pas en direction de
la ferme. Elle était totalement insensible à la
beauté de la nature. Les grands arbres et le
gazouillis des oiseaux la laissaient indifférente.
Quand elle pensa être presque rendue à place,
elle s'arrêta pour souffler et surtout pour
réfléchir, regrettant fugitivement de ne pas avoir
pris la précaution d'avoir emporté un peu de vin.
Elle soupira et s'assit: Elle n'avait rien à boire.
Elle aurait pu trouver de l'eau mais ce n'était pas
aussi bon...pour l'inspiration. Trop âgée pour
envisager de monter dans un arbre pour épier ce
qui se passait à Vauferment, elle dut se résigner
à s'asseoir derrière un taillis et à tenter
d'apercevoir quelque chose. Soudain, un gros
chien un peu hirsute se jeta sur elle en aboyant
furieusement. Une voix fraiche appela:

– Bonchien: Viens ici, on va se promener!

Le monstre abandonna sa proie qui avait eu
la présence d'esprit de ne pas crier. Quand la
jeune fille et l'animal se furent éloignés, dame
Catherine se releva péniblement. Debout au
milieu du sentier, elle se frottait pensivement le
menton en grommelant:

– Ce n'est pas Henriette, mais elle lui

ressemble beaucoup, donc c'est sa cousine, la seconde fille de ce cher seigneur Rodolphe...

Soudain, elle s'interrompit et tendit le cou pour mieux voir la silhouette qui se profilait devant la porte de la maison. Elle gronda entre ses dents:

– Mais oui, c'est bien lui, c'est ce bon Joseph! Ah mon cher époux!Je me doutais bien qu'il avait retrouvé son maître.

Elle observa donc longuement les habitants de Vauferment, sans s'apercevoir qu'elle-même était épiée par les amis de Foulques. Intrigué, l'un d'entre eux se décida à aller jusqu'à la Moulinière. Comme de coutume, il y avait des visiteurs : Agnès était venue voir René et Foulques qui venait d'arriver se disait prêt à repartir sans que personne, à l'exception de Robert, ne comprenne cette hâte.

L'homme fit son rapport et tous s'entreregardèrent d'un air perplexe. Soudain, Foulques claqua des doigts:

– C'est certainement Catherine, la femme de Joseph!

Pepita qui faisait le service, intervint

– Oui, c'est bien elle!

Et comme tout le monde la regardait avec un certain étonnement, la femme rougit et balbutia:

– Pardonnez-moi, je n'aurais pas dû parler mais je la connais, c'est une mauvaise femme.

Quand nous étions à Paris avec Alberto, elle avait tenté de le faire accuser de vol à sa place. C'était facile, comme il ne parle pas! Mais, moi j'ai parlé et elle a essayé de me tuer pour cela, avant de disparaître. Mais avant de fuir, elle nous a volé le peu d'argent qu'on possédait!

Aliette déclara:

— On m'a dit qu'une vieille femme disait la bonne aventure, j'ai laissé faire mais c'est son portrait: des habits colorés, une allure! Des cheveux d'une teinte extraordinaire! Et un couvre-chef!

Robert murmura:

— Si elle n'a pas cherché à joindre Joseph c'est certainement qu'elle souhaite lui nuire.

Foulques déclara:

— Il va falloir la surveiller également, l'homme hocha la tête et déclara avec empressement:

— Ce sera fait, je m'en occupe de suite.

Gracieuse, Aliette déclara:

— C'est réconfortant de pouvoir compter sur vous en toutes circonstances, merci.

Lorsque l'homme fut sortit, un large sourire aux lèvres, Harold l'aîné déclara:

— Encore un, ma fille, qui est prêt à tout pour te complaire.

Habituée être obéie, la douce Aliette n'avait pas paru prendre garde à la dévotion de l'homme prêt à tout pour un sourire de sa châtelaine.

Catherine épiait les habitants de la ferme de Vauferment, surveillée par l'un ou l'autre des amis de Foulques. Elle ne regagnait que brièvement son logis, ses affaires périclitaient. Et lorsqu'elle rentrait ce n'était pas précisément pour faire un brin de toilette car côté hygiène...Elle vivait avec son temps et ce n'était pas elle qui se serait risquée à fréquenter un établissement de bains.

Henriette se présenta le jour convenu. Catherine lui parla longuement. La jeune fille avait bien quelques idées mais Catherine, sans en avoir l'air, l'aida à les clarifier et à leur faire prendre une tournure plus ambitieuse...

En fait, Henriette était désormais décidée à se débarrasser de tous les habitants de Vauferment, habilement conseillée par Catherine, la jeune Henriette ne voulait pas d'entraves à l'accomplissement de l'extraordinaire destin prédit par Catherine.

Si on lui avait demandé qui lui avait soufflé tous les détails de son plan, Henriette aurait répondu personne mais en réalité Catherine avec une habileté sans égal l'avait amenée exactement là où elle voulait. En effet, la vieille femme comptait que Henriette allait faire disparaître de la surface de la terre Rodolphe et Joseph.

En ce qui concernait les habitants de la

Moulinière, Catherine avait décidé de s'en occuper ultérieurement, ainsi que du chevalier qu'elle rendait responsable de tous ses échecs. Elle n'avait pas décidé de quelle façon mais elle était bien décidée à faire le plus de mal possible. Joseph, qu'elle continuait à appeler « son époux devant Dieu », avait les mêmes opinions sur ce point, mais ils avaient aussi quelques désaccords,car il n'y a pas de ménages sans nuage. Pour Catherine, il y avait eu un nuage appelé Laïla.

13.Événements en cascade

De retour de son expédition jusqu'au laboratoire, Joseph s'enferma dans sa chambre où il se livra à un mystérieux travail. Enfin, il goûta aux mélanges qu'il venait de réaliser et, avec un sourire sinistre, se déclara très satisfait de lui-même. Ce soir-là, les habitants de Vauferment étaient couchés depuis longtemps, lorsqu'une ombre s'aventura dans le couloir et vint gratter contre la porte de la chambre de Henriette. Réveillée en sursaut, la jeune fille fut

sur le point de crier, avant de se raviser.
Catherine lui avait en effet annoncé que son
destin était en marche. Elle se leva pieds nus et
alla entrouvrir le battant. Reconnaissant
immédiatement son visiteur, elle le fit entrer
rapidement dans la pièce. Ils chuchotèrent un
bon moment puis il se retira, toujours aussi
discrètement. Restée seule, la jeune fille était
bien trop excitée pour dormir, elle tenait son
destin entre ses mains. Ne pouvant pas attendre,
elle décida d'expérimenter sur le champs le
remède apporté par Joseph. Sur le moment, elle
fut déçue car elle ne ressentit rien et il ne se
passa rien. Elle grommela:

– Ce vieil imbécile oserait-il me tromper?

Si Joseph avait entendu cela, il aurait été
totalement édifié quant à la considération
qu'elle avait pour lui.

Au petit matin, après une nuit blanche,
Henriette décida d'essayer sans plus attendre le
contenu de l'autre sachet fourni par Joseph. Ce
jour-là, elle fut la première levée. Elle était en
train de s'activer à la préparation du premier
repas de la journée lorsque maman Louis fit son
apparition:

– Bonjour Henriette, te voilà bien matinale!

– Je n'arrivais pas à dormir, il fallait que je
bouge.

Rodolphe arriva à ce moment-là et grommela
un bonjour à peine audible avant de s'installer à

la table. Il laissa Henriette le servir tandis que Baudouin arrivait à son tour. Les deux hommes étaient assis face-à-face. Comme Baudouin s'apprêtait à porter une première bouchée à sa bouche, Rodolphe intervint:

– Si j'étais toi mon garçon je ne mangerais pas, je n'aurais pas confiance à un repas préparé par une femme pleine de haine.

Rodolphe n'avait pas touché à son bol.

Maman Louis recracha ce qu'elle était en train de mâcher. Elle avait déjà bu une partie de son bol. Devenue blême, elle regardait Henriette d'un air égaré:

– Tu as fait cela?

Henriette la regarda d'un air de défi mais ne protesta ps. Joseph fit son entrée à cet instant et il comprit immédiatement la situation; d'autant plus que Rodolphe l' apostropha:

– Messire l'astrologue-empoisonneur, vous arrivez bien! Apportez votre boîte à poisons, j'en ai l'utilité.

Agnès fit à ce moment-là son entrée et Joseph la bouscula en sortant. Rodolphe avec une vivacité inattendue, se lança à sa poursuite et l'agrippa par ses vêtements. La jeune fille regarda sans comprendre la scène. Son père ordonna:

– Baudouin conduis immédiatement Agnès à Falandre et reviens ensuite aussitôt que possible.

Sans discuter, le jeune homme obéit et Agnès le suivit passivement.

Intuitivement, elle sentait que c'était le moment d'obéir. Elle harnacha donc rapidement sa mule, tandis que Baudouin allait monter celle qui appartenait à Henriette.

Pendant ce temps, Rodolphe maintenant Joseph d'une main de fer, le traînait ou plus exactement le portait presque jusqu'à sa chambre. Là, il trouva rapidement ce qu'il voulait. Il déclara:

– Messire Joseph, existe-t-il un moyen d'éliminer le poison que vous avez fourni à Henriette?

Joseph, claquant des dents, murmura:

– N...non...Seign..eur Ro..dolphe...Je ne sais...

Rodolphe conclut:

– Donc tu ne sers plus à rien. Souviens-toi, le seigneur Harold disait qu'il allait te faire avaler le contenu de sa boîte...

Joseph se tortilla:

– Non...pitié...!

Sans écouter ses protestations, Rodolphe profita de ce que sa victime ouvrait la bouche pour crier et lui fit ingurgiter au hasard le contenu de la boîte. Joseph eut beau cracher et se débattre, il finit par avaler un mélange fatal. Maintenant écroulé sur le sol, le vieil astrologue se tordait de douleur, sous le regard froid de son bourreau. Après un bref sursaut, Joseph rendit son dernier soupir, à défaut de son âme à Dieu qui n'en aurait certainement pas voulu.

Assuré que Joseph n'empoisonnerait plus personne, Rodolphe regagna la grande salle ou il découvrit une scène dont, dans un premier temps, la signification lui échappa. En effet, Henriette se tordait sur le sol, de la bave lui coulait de la bouche tandis que maman Louise vomissait dans son coin.

Rodolphe, les mains sur les hanches, regarda la scène impassible. A sa vue, maman Louis gémit:

– Aidez-moi!

Rodolphe haussa les épaules:

– Ce ne sera rien, il n'y a qu'à attendre.

Et sans plus s'occuper d'elle, il s'approcha de sa fille qui gémissait sourdement. Il la considéra avec la même froideur avant de remarquer:

– Je ne sais pas ce que tu as avalé, mais c'est mortel!

Henriette gémit:

– Non Joseph avait dit que cela me ferait perdre l'enfant!

Puis elle réalisa brusquement:

– A moi, au secours, je me suis trompée...!

La mort la surprit avec une expression d'horreur figée sur son visage enlaidi.

Oubliant jusqu'à l'existence de maman Louis, Rodolphe s'assit à à la table et s'abima dans une

profonde songerie. La vieille femme avait cessé
de vomir et tentait en vain de se relever. Elle
gémit faiblement:

– Rodolphe!...A moi!

Finalement, il se leva et s'approcha:
Maladroitement, il aspergea d'eau le visage
blême de maman Louis qui réclama à boire. Il
l'aida à avaler un peu de liquide et elle retomba
épuisée sur le sol.

Rodolphe soupira et appela:

– Julie! Julie!

La vieille servante arriva enfin. A la vue des
deux femmes allongées, elle leva les bras au
ciel et commença à se lamenter. Mais Rodolphe
l'interrompit en lui donnant quelques ordres. La
vieille servante obéit et l'aida à transporter
maman Louis sur sa paillasse. Elle tenta de lui
donner quelques soins tandis que Rodolphe
retournait auprès de sa fille. Il considéra son
visage crispé pendant plusieurs minutes avant
de se décider à lui fermer les yeux.

Pendant que Rodolphe, secondé par Julie et
son fils qui hurla tel un chien en voyant le corps
de son idole, enterrait le corps de celle-ci et
celui de Joseph dans un coin reculé; Baudouin
et Agnès s'étaient rendus à Falandre.

14.A Falandre.

A la vue des deux visiteurs qui descendaient de leurs mules, Robert murmura à l'adresse de Jeanne qui se tenait à ses côtés devant la maison:

– Laisses-moi les recevoir seul, veux-tu ma mie.

Il était donc seul dans la grande salle où on vint lui annoncer la venue de Baudouin et Agnès. Il les avait vus de sur la terrasse et les avait reconnus facilement. Il les accueillit cordialement et les invita à s'asseoir.

Embarrassé, Baudouin déclara:

– Pardonnez-nous de venir ainsi sans crier gare mais c'est le seigneur Rodolphe qui m'a donné l'ordre de conduire immédiatement Agnès près de vous.

Robert considéra la jeune fille visiblement bouleversée et déclara sobrement:

– Vous avez bien fait.

Il appela un serviteur qui s'occupa des montures des deux arrivants.

Et s'adressant à la jeune fille, il ajouta:

– Jeanne se trouve derrière notre demeure, il y fait meilleur à cette heure-ci.

Et sans réaction, visiblement en état de choc, elle le suivit docilement.

Jeanne l'accueillit avec affection et l'invita à s'asseoir près d'elle. Elle laissa à sa visiteuse le temps de se remettre tranquillement et ne lui posa aucune question.

Pendant ce temps, Robert invitait Baudouin à s'asseoir dans la grande salle. Le jeune homme obéit et après quelques minutes de silence, il raconta spontanément les derniers événements et tout ce qu'il avait appris. Robert ne chercha pas à l'interrompre et ce n'est que lorsque Baudouin se tut qu'il demanda:

– C'est Rodolphe qui a souhaité que je sois au courant?

Baudouin hocha la tête affirmativement:

– Il m'a dit à voix basse de tout vous raconter

et qu'il vous confiait Agnès en attendant son mariage.

Robert murmura:

– Cela va de soi, Jeanne et moi allons veiller sur elle.

Baudouin commenta:

– Il en était persuadé. Maintenant, je vais retourner à Vauferment.

Robert demanda:

– Savez-vous ce qu'il compte faire?

Baudouin secoua négativement la tête:

– Il ne m'a pas fait de confidences, je crois qu'il m'a toujours considéré comme un être trop faible qui se laissait mener par Henriette. Mais maintenant, tout m'est indifférent.

Et après un rapide adieu, Baudouin prit le chemin du retour. De loin sa silhouette un peu voûtée faisait peine à voir.

Avant de rejoindre sa femme et leur invitée, Robert envoya un messager à la Moulinière. Tous les protagonistes de cette histoire avaient toujours considéré que toute information devait parvenir rapidement aux intéressés. Et à en croire Baudouin, à Vauferment, un drame atroce s'était déroulé. Le jeune homme n'avait assisté qu'au début de la scène mais les guetteurs vinrent confirmer son récit: Joseph était mort, empoisonné par Rodolphe, Henriette était morte. Maman Louis était malade. Elle semblait avoir perdu la raison. Ses cris s'entendaient de

loin. Le curé de Sainte-Gauburge qui s'en
revenait de visiter l'un de ses paroissien alité
avait cru bon de s'arrêter. Mais à son entrée
dans la chambre où reposait maintenant maman
Louis, la malade s'était redressée à-demi et
s'était mise à hurler:

– Arrière Satan!

Puis elle était retombée épuisée sur sa
paillasse en gémissant:

– Non...Dehors...Non! J'ai peur...!

Le saint homme dut se résigner à obéir. Il
tenta de demander à Julie quelques
éclaircissements mais la vieille femme ne parut
ni entendre ni comprendre ses questions.
Rodolphe ne fut même pas informé de la visite
du saint homme. Ce dernier repartit donc en
secouant la tête avec découragement:

– Pauvre femme, j'ai bien peur qu'elle ait
perdu la raison, je vais prier pour elle.

Pendant ce temps, à Falandre, les châtelains
s'efforçaient de faire oublier à leur invitée les
deniers événements. Ce fut d'autant plus facile
que le messager envoyé à Moulins, revint
accompagné de René. Et chacun sait que les
amoureux sont seuls au monde. La jeune fille
cependant demanda s'il était possible d'envoyer
quelqu'un à Vauferment, Robert s'empressa de
la rassurer mais ne précisa pas que c'était déjà
fait et que si un événement nouveau se
produisait, on viendrait l'en informer. Même la

visite du prêtre lui fut rapportée, tout comme de l'état de maman Louis, malade d'avoir trop aimé sa fille. C'est plus encore ses désillusions que le remêde qui l'avaient atteinte au cœur.

Robert, discret comme telle était son habitude, avait cependant compris beaucoup de choses. Il avait la conviction qu'un changement profond s'était produit dans la personnalité de Rodolphe. Et il se demandait bien si ce serait un mal ou un bien qui en résulterait. Il n'interrogea pas leur invitée, répugnant à ce genre de pratique qu'il jugeait manquer d'élégance. Il avait cependant conclu que Agnès ignorait que Rodolphe était son père et cela l'intriguait au plus au point. Il se perdait en conjectures. Patient, il se contenta d'observer attentivement les événements.

A Falandre, Agnès était donc en sécurité. Rodolphe était persuadé que Robert et sa femme veilleraient avec sollicitude sur sa fille. Il connaissait bien le seigneur de Falandre et il savait pouvoir compter à la fois sur sa discrétion et sa clairvoyance. Le fait de savoir Agnès en sécurité lui permettait d'agir librement. En effet, il voulut comprendre comment Henriette avait décidé de supprimer tous les habitants de Vauferment car il avait bien deviné qu'elle voulait se débarrasser du fruit d'une grossesse non désirée mais il voulait savoir qui l'avait orientée vers un projet aussi ambitieux; il était persuadé qu'elle n'y avait pas pensé seule et il n'imaginait pas un seul instant que Joseph avait pu lui souffler cette idée, il était bien trop lâche pour cela. Aussi dès que maman Louis parut moins affaiblie, Rodolphe décida de l'interroger. Mais il réalisa rapidement qu'elle ne savait que peu de choses. Un élément cependant attira son attention c'est que ces temps derniers, la jeune fille s'était entichée d'une diseuse de bonne aventure et allait la consulter régulièrement à Moulins.

Rodolphe prit alors une décision héroïque, il demandé à être reçu par Robert à Falandre. Intrigué, Robert reçut le visiteur, peut-être un peu froidement mais sans la moindre remarque. Il l'invita même à s'asseoir. Le vieil homme obéit avec un soulagement visible. En effet, en descendant de cheval, il avait pensé que peut-être le seigneur de Falandre refuserait de le recevoir et rien que l'idée de devoir supplier...

Sans s'embarrasser de formules de politesse superflues, Rodolphe entreprit une véritable confession, le récit de sa vie. Tout y fut passé en revue. Robert connaissait dans les grandes lignes les événements évoqués mais Rodolphe lui confia sans manifester le moindre remords toutes ses mauvaises actions dans le détail. Lorsque le vieil homme se tut et regarda Robert d'un air interrogateur, ce dernier demanda:

– Pourquoi venir me raconter cela

maintenant?

Rodolphe eut un haussement d'épaules désabusé:

– Je ne sais.

Il resta silencieux de longues minutes avant de déclarer d'une voix sourde:

– Je vais disparaître avant que Agnès sache tout cela mais je voudrais que soit puni qui a poussé Henriette à vouloir nous supprimer tous.

Robert questionna:

– Et Baudouin?

– Je l'ai envoyé à Paris avec assez d'argent pour pouvoir se faire une situation. J'ai pensé que René ne voudrait pas que je dote Agnès...

Robert hocha la tête:

– Je vois.

Et il questionna encore:

– Et maman Louis?

Rodolphe eut un geste vague qui voulait dire que la question était secondaire, mais précisa malgré tout:

-Elle peut rester à Vauferment si elle veut, j'ai laissé de l'argent à Julie..

Rober demanda:

– Et vous?

Rodolphe eut un ricanement semblable au Rodolphe d'autrefois:

– Rassures-toi vous ne me trouverez plus sur votre route. Mais avant, je veux savoir qui a voulu que Henriette nous tue tous.

Robert questionna:

– Vous avez une idée?

Le vieux seigneur approuva:

– Une diseuse de bonne aventure qui s'est installée à Moulins depuis la dernière foire.

Le seigneur de Falandre proposa:

– Voulez-vous que je m'en occupe?

Rodolphe refusa un peu sèchement:

– Inutile, je vais m'en charger personnellement.

Se décidant pour la première fois de sa vie à commettre une indiscrétion, Robert déclara:

– Nous pensons que cette diseuse de bonne aventure c'est Catherine, la femme de Joseph.

Rodolphe regarda son interlocuteur et eut un drôle de sourire avant de murmurer:

– Merci, seigneur Robert.

Et il quitta Falandre rapidement avant que Robert ne puisse réagir aux derniers mots qu'il chuchota:

– Vous direz plus tard à ma fille que je l'aimais.

15.La bonne aventure

Catherine, malgré sa discrétion qu'elle présentait comme de la modestie, voyait sa renommée grandir. Il faut dire qu'elle savait y faire. Elle enregistrait toutes les informations qu'elle entendait et savait les ressortir à bon escient. Elle avait beau recommander à ses clientes d'être discrètes, il ne fallait pas demander l'impossible. Pourtant elle se souvenait de la façon dont le « sorcier de Notre-Dame » avait souvent risqué d'être victime de son succès.

Les jours de marché, ces dames faisaient marcher leur langue au moins autant que le commerce. Ces derniers temps, elle négligeait ses affaires, mais on parlait beaucoup de ses talents.

Même à la Moulinière on connaissait l'existence de Catherine qui se faisait appeler Magdelaine ou même Magda de Bohème car c'était plus chic. Ce jour-là, Blanche accompagnée de Jeanne s'était rendue au marché. Elle passèrent non loin de la tente qui abritait la diseuse de bonne aventure et Blanche expliqua à sa fille:

— Il paraît que c'est une grande devineresse, en tous les cas nombreux sont ceux et surtout celles qui viennent la consulter.

Jeanne fit la moue:

— Je n'aime pas ce genre de pratiques, comment Aliette peut-elle l'autoriser à exercer son art à Moulins?

Blanche soupira:

— Elle a tenté de la faire quitter le pays de la Marche mais cela a soulevé un tolet de protestations. Elle ne réclame jamais d'argent même si elle accepte volontiers les dons, alors Aliette a cédé lorsqu'une délégation est venue intercéder pour elle.

Jeanne questionna:

— As-tu vu à quoi elle ressemble?

Blanche se mit à rire:

– Tu ne veux quand même pas aller la consulter!

Jeanne sourit:

– Bien sûr que non! Mais je me demandais seulement d'où elle tirait son emprise sur nos braves villageoises.

Blanche fit la moue:

– Je l'ai aperçue, elle est habillée de couleurs bariolées comme une fille de Bohème. Ses cheveux sont cachés par une drôle de coiffure.

Jeanne questionna:

– Elle est jeune?

– Oh non, elle est vieille, ratatinée comme une vieille pomme...

Elle s'interrompit:

– Regardes, même le seigneur de Courterai attend pour la consulter!

Blanche pouffa:

– Il est sans doute en train de convoiter quelque chose qu'il ne parvient pas à obtenir...Oh regardes le seigneur des Aspres!

Jeanne soupira:

– Si tous les châtelains des environs viennent la voir, elle va certainement pouvoir rester par ici.

A ce moment-là, on entendit un formidable éternuement et les deux femmes s'efforcèrent de cacher leur hilarité: Le vieux seigneur croyait peut-être que la bohémienne allait pouvoir le guérir de cette habitude qu'il avait d'éternuer sans cesse.

Les deux femmes s'éloignèrent et ne virent pas arriver Mathieu de la Dépenserie qui se mit à attendre son tour avec philosophie.

Par une discrète déchirure dans la toile de sa tente, Catherine regardait la file s'allonger. Elle se frotta les mains avec satisfaction: Les affaires marchaient bien. Mais presque aussitôt, elle prit un air soucieux: Trop de notoriété risquait de nuire!

Puis, voulant oublier ses réflexions pessimistes, elle fit entrer la première cliente: La tente ne désemplissait pas. Elle travailla sans interruption jusqu'à la fin du marché avant de sortir et de déclarer d'une voix forte:

– Ce sera tout pour aujourd'hui, je suis épuisée et je ne vois plus rien.

Aucun de ceux qui avaient attendu en vain, n'osa protester. Elle regagna prestement son logis à la périphérie du bourg et s'attabla. Elle mangea et but copieusement. Il faut dire que beaucoup de ses clientes la payait en nature. Elle avait dû installer un petit enclos derrière sa maison pour recevoir les volailles qu'on lui apportait. Elle était aussi toujours bien approvisionnée en beurre et en œufs. Ne pouvant s'occuper de son poulailler bien garni, Catherine avait engagé une petite servante très impressionnée par sa patronne. Flattée, la vieille femme se rengorgeait et ne rudoyait pas la fillette. Lorsque cette dernière avait fini son travail, elle était libre de rentrer chez ses parents nantie de provisions car Catherine ne serait jamais parvenue à tout manger seule. Quant à la boisson, la vieille femme était largement approvisionnée en piquette, mais elle faisait une grande consommation de ce vin produit en abondance dans le pays de la Marche. Cependant, ce jour-là Catherine resta sobre car elle avait besoin de conserver les idées claires. En effet, elle passait tout son temps libre à rôder autour de Vauferment . Souvent, elle y passait même ses nuits et tentait de deviner ce qui se passer dans la maison sans se rendre compte qu'elle était elle-même épiée par les amis de Foulques.

Ce soir-là, la diseuse de bonne aventure se dirigea vers Vauferment et y parvint à la tombée de la nuit. Le drame qui s'y était déroulé récemment avait fini par être partiellement connu et ce qu'on lui en avait dit, ajouté à ce qu'elle en pensait , faisait qu'elle en connaissait pratiquement tous les détails.

La nuit était maintenant complète. La vieille femme se décida à agir. Elle se livra donc à une mystérieuse besogne. Les guetteurs chargés de surveiller tout ce qui se passait, tentaient de deviner ce qu'elle préparait. Elle allait de place en place et entassait quelque chose que les amis de Foulques ne parvinrent pas dans un premier temps à identifier. L'un d'entre eux finit quand même par deviner et il souffla à l'adresse de son voisin:

– Je crois qu'elle prépare de l'herbe sèche pour y mettre le feu.

Effectivement, telle était l'intention de dame Catherine. Mais elle ne parvint pas au bout de son mystérieux travail car soudain, trois hommes lui tombèrent dessus et l'empêchèrent de bouger. Maintenant solidement ficelée comme un vulgaire paquet, elle avait été hissée sur le dos d'un cheval et une troupe de quelques cavaliers l'emmenaient vers Moulins, où dame Aliette avait fait construire une prison bien solide qui ne craignait ni l'eau ni le feu.

Dame Catherine malgré ses talents de voyante n'avait pas deviné que sa brillante carrière finirait de cette façon aussi peu glorieuse

Moulins perdit donc sa diseuse de bonne aventure et la prison gagna une pensionnaire à perpétuité. Car instruite par l'expérience, Dame Aliette ne la laisserait pas sortir de sa geôle.

On dit bien qu'on ne peut jamais tout prévoir...Rodolphe n'eut donc pas à s'occuper de châtier la coupable.

16.Rodolphe

Baudouin avait pris docilement la route de Paris, suivant en cela les directives de Rodolphe. Maman Louis restait à Vauferment sous la responsabilité de Julie. Manifestement sa raison lui échappait mais elle se laissait soigner passivement par la vieille servante. Mathurin, fou de douleur depuis la mort de son idole, se conduisait de façon de plus en plus étrange. Il ne semblait plus comprendre ce que sa mère lui demandait et il passait son temps à cueillir des fleurs des champs avant de les jeter au loin.

Robert et ses amis avaient soigneusement caché à Agnès les derniers événements et la jeune fille se consacrait aux préparatifs de ses noces. Habituée à une totale indifférence de la part de maman Louis, elle ne s'étonna pas d'être ainsi délaissée. Quant à Henriette, elle savait à quoi s'en tenir sur son égoïsme et avait compris que sa cousine lui était soudain devenue hostile du fait de sa jalousie.

Rodolphe avait fait un petit paquet de ce qu'il souhaitait emporter et avait disparu sans crier gare. Personne, ou presque, ne savait ce qu'il était devenu. Il était allé s'installer dans la vieille cabane de l'Ermite. Au début, il avait pensé s'installer près de son ami le lépreux, mais réflexion faite, peut-être par crainte de la contagion ou par soucis de confort, il avait choisi la cabane.

Dans les premiers temps, il avait travaillé à remettre les lieux en état et il avait détruit en totalité le laboratoire. Pourtant, il s'était jadis promis de ne plus travailler, mais on change...

Comme engourdi, il vaquait à ses occupations, s'occupait machinalement des soins de son ménage.

Bientôt ce fut l'automne, puis l'hiver. Pendant ce temps Agnès avait épousé René et ils

s'étaient installés tous les deux à la Guimonière.
Désormais, les habitants de la Moulinière y
venaient souvent en voisins.

Rodolphe parfois rêvait tout éveillé, qu'il
voyait sa fille sourire et même l'entendait rire.
Parfois, il lui parlait tendrement avant de
réaliser que ce n'était que le fruit de son
imagination. Il revoyait aussi Marie, qu'il avait
peut-être aimée vraiment, elle était belle, douce,
claire comme l'eau d'une source. Il haussait les
épaules et grommelait:

– Tiens je vais plutôt aller bavarder avec mon
ami la lépreux, je crois bien que je deviens fou.

Et il allait à travers la forêt rejoindre son ami.

Et puis une nuit, la neige commença à
tomber. Au petit matin, un épais manteau
immaculé recouvrait la forêt silencieuse.
Rodolphe regarda autour de lui avec surprise
mais sans crainte, il avait du bois pour se
chauffer et des provisions en quantité. Il
comptait aussi sur d'éventuels animaux
téméraires qu'il pourrait attraper.

Il s'accouda à sa fenêtre et regarda sans le
voir le paysage qui l'entourait. Soudain, il
tressaillit et murmura:

– Les loups! On entend les loups!

Il frissonna malgré lui avant d'avoir un
sourire méprisant:

– Ils peuvent venir, je n'ai plus rien à perdre,
je n'attends plus rien. Je n'ai même plus peur.

A la nuit tombée, ils vinrent...Toute une meute, contre laquelle un seul homme ne pouvait rien. La meute était conduite par un vieux loup gris, l'ancien compagnon de l'Ermite.

Ainsi disparut définitivement le seigneur Rodolphe et le pays de la Marche retrouva sa tranquillité que rien ne vint troubler jusqu'à la Guerre de Cent Ans.

Au printemps suivant, Robert, qui avait deviné où s'était retiré Rodolphe, voulut aller se rendre compte de la situation. Il trouva la cabane vide après le passage des loups et aux traces qu'il découvrit, il comprit quel avait été le sort tragique du seigneur Rodolphe: Les loups tués par Rodolphe qui avait fini par succomber sous le nombre, s'étaient mangés entre eux. Il avait trouvé le cadavre d'un vieux loup allongé sur les restes de Rodolphe.

Le soir à la veillée, les plus jeunes écoutaient parler les adultes. L'un ou l'autre finissait toujours par dire:

– Vous vous souvenez quand...

Et un autre continuait:

– Oui c'était le jour du tournoi...

Les enfants entendaient parler de croisades, de Paris et de bien d'autres événements qui leur semblaient du plus grand intérêt. C'était quand même autre chose que les légendes racontées par Louison.

Ce n'est que plusieurs mois plus tard, durant

l'automne et l'hiver qui suivirent que Robert s'installa chaque jour au coin du feu à Falandre avec du parchemin et de quoi écrire. Il resta un long moment à considérer sa plume avant de la tremper dans l'encrier et de se laisser porter par ses souvenirs. Il commença ainsi un récit, peut-être un peu édulcoré...:

– A cette époque, le roi Louis IX était revenu depuis quelques années de sa première croisade et au pays de la Marche, le seigneur Harold avait décidé de marier son fils aîné...

Sa femme venait souvent lire par-dessus son épaule tandis qu'un des chiens allongés devant la cheminée, s'approchait à son tour. Souvent le gris qui posait son museau sur le genou de Robert et le regardait avec une expression qu'il qualifiait d'humaine. Du moins l'animal avait un regard brillant d'intelligence et était farouchement attaché à Robert et à Rollon le jeune dont il s'était, avec ses frères, instauré le gardien.

Ce fut un long travail qui occupa une partie de ses journées et toutes ses soirées durant plusieurs mois. Parfois, de crainte d'oublier un épisode important, il confrontait ses souvenirs avec ceux des habitants de la Moulinière ou de Mahéru, avant de poursuivre son récit. Les plus jeunes se taisaient et ouvraient grandes leurs oreilles durant ces longues conversations. Enfin, un beau jour de printemps, Robert traça les mots suivants: Ici se termine la lutte acharnée qui opposa Harold l'aîné à Rodolphe. Le grand vainqueur fut l'amour de René, fils du seigneur de Moulins, et de Agnès, fille du seigneur Rodolphe.